Online Dating – Sehnsucht nach Zweisamkeit mit 60+

von Leonardo Testa

Impressum

Copyright 2016, Leonardo Testa

Covergestaltung: Leonardo Testa

Alle Rechte vorbehalten.

Herstellung und Verlag:

BoD - Books on Demand, Norderstedt

ISBN 978-3-7431-9571-4

Impressum 2

Vorwort 4

Herbst/Winter 2014 - Suche und Sehnsucht nach Zweisamkeit 6

Bin ich Beziehungsfähig? 13

Begegnung im Februar - Beginn einer Romance 18

Wiederentdeckung der Zweisamkeit 23

Geben und Nehmen ... eine Entscheidung 30

Treffen mit Dora in Koblenz 37

Begegnung mit Mina im April im Westerwald 41

Delia ... eine feschen Westerwälderin 47

Date mit einer Koblenzerin 54

Freudige Begegnung mit einer schon bekannten „netten feinen Dame" 57

Musik - Flamenco - Magie der „Noche Espagnola" 62

Oktober 2015 - Begegnung mit Karin am Stammtisch .. 65

Treffen und Begegnungen - ein Fazit 69

Ich und Du - Gefühle und Hindernis 76

Gefühle - Verabsolutieren - Berührung 83

Wahre Freundschaft pflegen 88

Weiter Ausschau halten 92

„Geschwisterliche Liebe" und Zwei Hindernisse 96

Vorwort

Begegnungen, die ich hatte, und der Weg der Entdeckung eines fremden Frauenprofils im Internet bis zur Wiederentdeckung der Zweisamkeit.

Die Gefühle ... Zuneigung ... Tiefe Verbundenheit ... Ziel und Sinn des Lebens mit 60 ... das ist, was dem Leser in diesem Buch begegnen wird.

Mein Selbstversuch „Abenteuer der Partnersuche" birgt zunächst Sympathie, dann Annäherung ... manchmal Stolpersteine und Überraschungen. Die Beziehungsfähigkeit erfordert Geduld sowie Zeitfenster und viel Zeit zu investieren. Es ist täglich das Arbeitspensum eines Halbtagsjobs und den gilt es mit Bravur zu absolvieren. Die Suche gestaltet sich als Internet-Akrobatik im „Wald" der Frauenprofile und kann zur Gefahr und Sucht der endlosen Sehnsucht ohne Pause werden. In Form von Notizen und gleichzeitig „Offenen Briefen" an die Frauen, denen ich begegnete, zeichne ich meine und die Sicht des Gegenübers auf die Wirklichkeit auf ... Kommentare und Anmerkungen.

Hier wird deutlich, dass der Zufall auch gar keiner ist und Glück oder glücklich zu sein, auch kein Geschenk des Himmels. Für ein glückliches Leben zu zweit tun wir alles und rutschen dabei ungewollt von einem Unglück ins nächste.

Also der Weg vom Ich zum Du zum Wir in Zweisamkeit, und die Welt von Emotion und Gefühl, gestaltet sich holprig und unterliegt einer eigenen, nicht immer voraussehbaren, Dynamik.

Es sind keine Ratschläge oder Gebrauchsanweisungen ... nur meine Erfahrung und eine sympathische Aufforderung zur Selbstliebe und über Altruismus und wahre Freundschaft nachzudenken.

Mut, den ersten Schritt zu wagen und sich zu einer Begegnung zu verabreden.

Mut, zur ersten zarten Berührung und

Mut, die Verantwortung für das eigene Leben und das des Partners zu übernehmen.

Worauf warten wir? Das Leben kann so schön und leicht sein, machen wir uns auf den Weg mit Optimismus und manchmal brauchen wir einen Wechsel der Blickrichtung.

„Ich vertraue darauf, dass mir das Leben genau das gibt, was für mich vorgesehen ist". Dazu noch Nachdenken ... Loslassen und Vertrauen üben.

„Erst durch die anderen lerne und erfahre ich, wer ich bin. Mein Selbstbewusstsein ist ein Produkt meiner Begegnung mit den anderen und mit der Welt. Und erst durch die anderen erkenne ich, wie ich mich verändere."

Vossenkuhl, Wilhelm: Philosophie. Piper, München 2011, S. 39

Herbst/Winter 2014 - Suche und Sehnsucht nach Zweisamkeit

Ja ... ich, Leonardo, habe es getan, und bin stolz darauf. Ich war das erste Mal allein, ohne Gisela meine verstorbene Frau, Anfang Oktober in Urlaub in Dresden und Leipzig. Es war schon geplant seit Dezember 2013 und zu zweit, nicht bis ins Detail aber skizzenhaft mit Hauptzielen. So war ich ziemlich gut vorbereitet. Die Zeit in Dresden und Leipzig, die Landschaft, die Sehenswürdigkeiten und die Leute, all dies zu sehen, zu verstehen, und zu erleben war nicht so einfach, denn mir hat etwas gefehlt. Dennoch ging ich auf Besichtigungstour mit Freude und Neugier ... machte eine Schiffstour auf dem Raddampfer durch das Elbtal, ein besonderes Erlebnis. Ab und zu kam Schmerz und ein Anfall von Trauer, die als Wut, wie ich weiß, normal ist bei der Trauerbewältigung. Das Aushalten und Kontern ist die Antwort, mit einer Traurigkeit im Hintergrund, dabei kommen auch Tränen. Aber das Gedankenkarussell im Kopf dreht sich langsamer. Die Erfahrung und das Erlebte im Urlaub haben mich bestärkt und motiviert weiter zu leben ... Optimist zu sein und mit Hoffnung sage ich mir: „Ich vertraue darauf, dass mir das Leben genau das gibt, was für mich „vorgesehen" ist. Mir leuchtet ein, dass Festhalten an Schmerz, Trauer und Wut auf die Dauer Gesundheitsschäden an Körper und Geist bringen. Diesen Weg zu gehen, bin ich sicher, ist nicht ohne Stolpersteine und Hindernisse. Bremsen ... Fallen ... Aufstehen und weitergehen. Mit Hoffnung und Zuversicht werde ich ruhiger und gelassener, so kann ich besser durch das Leben gehen. Endlich habe ich es kapiert: Die wichtigste Voraussetzung für ein Gelingen des Lebens ist Akzeptanz. Dass die Dinge so sind, wie sie sind, und der Wille, darüber hinweg zu kommen statt daran festzuhalten. Weiterhin die Akzeptanz, dass Veränderungen zum Leben gehören, lenkt meinen Blick vom Unabänderlichen auf das, was änderbar ist. Das ist die einzige Konstante im Leben, spürbar und messbar: Veränderungen. Irgendwann entdecke ich realistische Ziele, die sich mit entschlossenem Handeln erreichen lassen. Das sorgt für neue, positive Erfahrungen, und die wiederum stärken das angeschlagene Selbstbewusstsein. Das alles wird von mir gekaut ... verinnerlicht und meditiert bis die Akzeptanz da ist. Wer eine Trauer oder Krise gemeistert hat, fühlt sich in der Regel stark, man wird resilienter. Das trägt dazu bei, eine Langzeitperspektive zu entwickeln:

Man sollte stets das Beste erwarten ... positiv denken ... statt sich Sorgen über Dinge des Lebens zu machen, vor denen man Angst hat. Dies zu begreifen und zu verstehen habe ich Monate gebraucht. Es sind schon 8 Monate vergangen und ich bin hier auf dem Weg, mal weinend, mal lächelnd, mal führe ich in der Wohnung Selbstgespräche. Dann Meditation und Entspannungsübungen, um zur Ausgeglichenheit zu gelangen. Ich vermisse Gisela weiterhin, die Trauer wandelt sich in eine andere Dimension und Situation. Die ist leichter zu ertragen und ich fühle mich besser und stolz auf diese erreichte Leistung.

Darum entschloss ich mich nach dem Urlaub, im November, auf Webseiten für Singles im Internet auf Partnersuche zu gehen.

Es war eher eine Tat der Verzweiflung ... aber auch heilsam, um das Alleinsein beenden zu wollen. Ich konnte und wollte die gegenwärtige Situation ändern.

Meine Sinnkrise war gekennzeichnet von einer beginnenden Seuche: der „Todessehnsucht". Diese erschien mir die einzige und berechtigte Erlösung zu sein. Andererseits meldete sich bei mir die Sehnsucht nach Zweisamkeit als Flucht nach vorne. Also Entfliehen aus der Depression, und kämpfen um ein erfülltes glückliches Leben mit der gleichen Waffe ... der Sehnsucht.

Statt Verzweiflung ... Zuversicht ... Flucht nach vorne - von der Einsamkeit in die Zweisamkeit.

Ich wünschte mir ein „Normales Leben" zu leben ... als Nahziel.

Als Fernziel mit einer Partnerin an der Seite, und irgendwann richten wir somit gemeinsam den Blick in die Zukunft.

Jedoch es gibt kein normales oder anormales ... kein schönes oder hässliches Leben, ich kenne nur „das Leben". Leben ist Fluss, ständig in Bewegung nach vorne von jung nach alt, der Alltag mit Höhen und Tiefen. Die Kunst besteht darin im Fluss nicht unter zu gehen, sondern sich von den Wellen tragen zu lassen und mit Authentizität um ein erfülltes und zufriedenes oder sogar glückliches Leben zu bemühen. Zuerst muss ich mich anfreunden mit der Biologie des Werdens und Vergehens. Ich persönlich fühle mich nicht alt, ehrlich gesagt das Wort „Senior" stört mich ein wenig. Es hinterlässt meistens im Gebrauch einen Hauch von Dahinsiechen ohne zu leben. Doch ich bin mir bewusst, dass ich älter bin und spüre dies auch mit den dazugehörenden Wehwehchen. Manchmal muss ich mir selbst etwas Geduld und Langsamkeit gegenüber der Jugend abverlangen.

Halten wir fest: bin motiviert ... umdenken ... anders reagieren und handeln - dann wird „mein neues Leben" besser verlaufen, als bis dato.

Ich begann mit der Suche nach ein paar bekannten Single-Portalen im Internet und meldete mich an. Zunächst zum Testen und mit Anfängerschwierigkeiten. Es war für mich neues Terrain und ich legte mit der Suche nach einer Partnerin los.

Schon zwei Woche später, siehe da, sah ich ein Frauen Profil, nette, anziehende, dunkelhaarige, etwas mollige, kleine Frau meines Alters. Ich nahm Kontakt zu ihr auf. Nach Austausch von Mails hin und her, wir erzählten etwas über uns, verabredeten wir uns eine Woche später zum persönlichen Kennenlernen. Wir fanden uns sehr sympathisch, zogen uns gegenseitig an und ich dachte ... bin grade dabei mich zu verlieren und zu verlieben. Ein tolles Gefühl haute mich um.

Beim letzten Mal, besser gesagt beim ersten Mal, hatte ich dieses Gefühl bei der Begegnung und dem Kennenlernen meiner Frau Gisela vor 21 Jahren. Und es ist wieder meine Innere Stimme da und sagt ... Leonardo, ergreife deine Chance und du kannst deine Sehnsucht stillen ... wieder glücklich sein.

Die Chance bist du Beate, denn ich habe im Internet einige Fotos von Frauen gesehen, Profile gelesen, einige Angebote als Mail ... mal nett ... mal unanständig - sogar mit direkter Einladung auf ein Treffen „mit Sex und mehr".

Über die Vielfalt und direkte Anmache - die unterschiedlichen Antworten - war ich perplex und erstaunt. Zunächst wusste ich keinen Rat. So fing ich an die Antworten bzw. Anfragen zum Kennenlernen zu sortieren ... ohne Chaos in meinen Gefühlen zu hinterlassen.

Dann habe ich zu Beate doch „Innerlich und Äußerlich" zu einem Treffen „JA" gesagt. Mit Sympathie und neugierig auf dieses Abenteuer habe ich zurück gemailt ... „Hallo Beate, ich bin fasziniert von dir.

Du wirkst auf mich eindrucksvoll feminin und doch stark, liebevoll mit einer gewissen Traurigkeit. Mein erster Eindruck von dir ... du bist eine nette attraktive Person. Wann wollen wir uns Treffen?" Sie antwortete ... „Ja, gerne. Du bist mir auch sehr sympathisch".

So einfach und unkompliziert kam das aller erste Date zustande.

Als Treffpunkt vereinbarten wir ein italienisches Restaurant in Koblenz. Nach der Bestellung und während wir mit Genuss speisten, führten wir eine schöne Unterhaltung über unsere Leben im Alltag. Danach spazierten wir am Rhein um das Deutsche Ecke entlang und wir spürten eine starke Anziehungskraft ... die langsam schleichend ... nicht überfordernd ... zu spüren war. Da sagte sie zu mir ... komm mit zu mir hoch, etwas Trinken. Dankend nahm ich an und ich folgte ihr in ihre Wohnung....

Du hast mich fast magisch angezogen, verwandelt und es lief wie im Kino. Verabredet, gesehen, sich angezogen gefühlt und plötzlich lagen wir uns in den Armen, küssend am Boden ihres Wohnzimmers.

Du hast mir dein Vertrauen geschenkt und Hoffnung gegeben, in dem du mir dein Okay und die Einladung zum Kennenlernen gabst. Ich gebe dir auch mein Vertrauen mit den Komponenten ... Vertrauen in mich selbst und in meine Fähigkeiten und Vertrauen zu Dir als Frau, die ich schätze und begehre.

Nun, nach 3 Wochen fast regelmäßigen Treffen, wurde mir klar ... ich bin nicht in diese Person verliebt, sondern in die Beate, mit der erotischen sexuellen Komponente. Wir haben uns im Einvernehmen getrennt. Für Beate war es schmerzhaft ... ich glaube, sie hat sich ein wenig in mich verliebt. Für einen Witwer, eine aufregende, neue, schöne und interessante Erfahrung ... Wurde meine Innere Stimme getäuscht? Nein! Ich war einfach hungrig nach einem Partner ... nach Beziehung ... der Sehnsucht, geliebt zu werden, und dieses auch zu spüren und zu fühlen. Ich war von Erregung und Emotion blind, in diesem Erotik-Rausch verfangen, und zunächst konnte ich mich nicht richtig sortieren. Ich hatte eine Partnerin für das Leben und keine sexuellen Abenteuer gesucht ... denn Sex ohne Liebe gibt es auch. Es war keine Liebe im Sinne von Ich und Du verschmelzen und als Ausdruck der Liebe offenbart sich die sexuelle Anziehung, sondern Hormone und Emotionen haben verrückt gespielt. Diese „Erste Erfahrung" war zu aufregend und anregend, um NEIN zu sagen. Und doch war es schön ... hat mich zum Nachdenken und zu mehr Wachsamkeit im Umgang mit Gefühlen ... Emotionen und mehr Vorsicht im Betrachten und Bewerten von Frauen Profilen hingeführt.

Es ist so ... nicht alles stimmt. Es wird viel geschrieben und ansprechende Fotos hochgeladen und preisgegeben. Einen Monat später machte ich sogar Erfahrung mit der Nigeria Connection Betrugsmasche. Beinahe wäre ich reingefallen ... aber ich war wachsam und merkte an den Profilfotos ... alles ist sehr aufreißend aufgebaut und die Mailantworten waren künstlich und in eine Richtung gehend ... mich scharf zu machen ... Appetit auf die „falsche, aber sehr erotisch abgebildete Frau". Und sobald deine „Liebe" für die Frau und das Verlangen nach ihr wächst und mächtig wird, kommt die Frage nach einer Geldüberweisung, um sie zu sehen und zu treffen. Natürlich ist das nur Geld verdienen. Es handelt sich um „Romantik Betrüger", die mit dem Gefühl der „Liebe" der Suchenden spielen. Es ist nicht nur ein Betrug, sondern Menschen unwürdig und hinterlässt bei den Opfern Spuren von Verletzung und Ohnmacht, wie nach Gewalttaten. Ab diesem Moment wurde mir klar ... Webseiten für Singles und Inhalte können gefährlich werden und entsprechen nicht immer der Wahrheit.

Also Wachsamkeit ... Vorsicht ... Infos einholen und lesen unter www.romantikbetrug.com und niemals Geldleistungen an Unbekannte ins Ausland ohne Sicherheit überweisen.

Ab heute lese ich Frauenprofile im Internet aufmerksamer ... mit fast all meinen Sinnen ... mit Herz und Verstand. Dann versuche ich sie einzuordnen. Auf Anfrage nach Kontakt antworte ich nur noch nach 3 Kriterien:

1. Hat mich die Person beeindruckt und neugierig gemacht?

2. Hat mich diese Frau berührt und gibt sie mir Hoffnung?

3. Hat sie ein „normales" Foto eingestellt?

Wenn diese Kriterien erfüllt sind, folgt prompt eine Antwort und die Einsicht in die Fotos oder die Bildergalerie. Bei Nichterfüllung der Kriterien lehne ich freundlich den Kontakt ab ... beachte das Profil nicht weiter und setze meine Suche fort.

Mit Foto ist es besser, denn das äußere Erscheinungsbild oder Aussehen spielt in jedem Fall eine entscheidende Rolle ... bei der Frau ... so wie bei der Auswahl der Männer, um sich zu einem möglichen „Ersten Treffen" zu verabreden.

Das äußere Erscheinungsbild ist Teil der Körpersprache und sagt etwas über die Person und Persönlichkeit aus und offenbart einige Züge des Charakters.

Bin ich Beziehungsfähig?

Bei meiner Entscheidung, auf die Suche nach einer Partnerin zu gehen, kam mir am Anfang die Frage der Beziehungsfähigkeit gar nicht in den Sinn. Wie ich schon erwähnte, ich stürzte mich kopfüber direkt in die Webseiten im Internet ohne rechts und links zu schauen. Die Erfahrung der Konfrontation geschah nicht unmittelbar am Anfang, sie folgte zu einem späteren Zeitpunkt während eines Treffens. Es geschah fast unbemerkt mit einer Floskel, die eine Frau mir so nebenbei sagte ... vornehm ... schonend ... durch die Blumen. Ich verstand die versteckte Aussage leider nicht sofort, jedoch im Nachhinein fiel es mir wie Schuppen von den Augen, als ich wieder zuhause war.

Während des besagten Treffens war ich in der Tat nicht ganz anwesend ... kaum achtsam und ich erwähne hier lieber nicht mein damaliges äußeres und inneres Aussehen. Eigentlich hätte ich mich im Nachhinein bedanken sollen ... aber ich konnte und wollte es nicht. Feigheit und mein verdammter Stolz blockierten meine wahre Absicht. Später schämte ich mich und erlitt einen Weinkrampf, als ich allein in meiner Wohnung hockte. Schuld daran war auch noch, dass ich mich im Würgegriff eines gerade ausgebrochenen heftigen „Trauer-Schmerz-Wut-Anfalls" befand.

Nun ... ich war noch nicht auf der Höhe meines sozial korrekten Daseins ... ich bemerkte es auch nicht. Meine „Insel-Bewohner-Mentalität" ist in mir noch teilweise ausgeprägt. Dessen wurde ich mir bewusst und so stellte ich mich endlich der Frage ... Wie werde ich beziehungsfähig?

Ich glaube jeder macht in seinem Leben diese Erfahrung, wenn er eine Zeit lang ... eine „Insel" war.

Mein Beispiel: Witwer, noch im Jahr der Trauerbewältigung, werde 63, im Mai 2015 gehe ich in den Ruhestand. Dann kommt auf mich eine neue Situation zu, die der Neustrukturierung des Tages bedarf. Dies ist notwendig, denn ich habe viel Freizeit, die sinnvoll gefüllt werden muss. Es gilt den Alltag mit Struktur, Hobby, Freizeitaktivitäten zu füllen, und dabei mit Beziehungen in Kommunikation zu bleiben. Beziehungen und Kommunikation, das ist schon an sich ein großes Thema und Programm. Es ist Dreh- und Angelpunkt und betrifft jeden von uns ... persönlich, politisch, wirtschaftlich und gesellschaftlich.

Im Lexikon steht: „Unter Beziehungsfähigkeit versteht man in der Psychologie die Kompetenz, mit anderen Menschen Kontakt aufzunehmen und diese aufgebaute Beziehung zu ihnen auch zu erhalten. Die Grundlagen für die Beziehungsfähigkeit werden in der Regel in der frühen Kindheit gelegt, etwa im Kontakt mit Eltern oder anderen nahen Bezugspersonen. In diesen Situationen lernen Menschen, anderen Menschen zu vertrauen oder zu misstrauen, wobei sich die verschiedenen Ausprägungen der Beziehungsfähigkeit häufig in der Partnerschaft auswirken"

Von diesen Grundlagen und Aspekten berichte ich in meinen Begegnungen und Beobachtungen, auch wenn der Begriff dafür nicht direkt erwähnt wird. Also sagen wir einfach alles, was so in den zwischenmenschlichen Beziehungen passiert, hält ... stärkt ... trägt. Ich lerne dabei mich und die Anderen besser zu verstehen, doch ich muss dazu bereit sein und einigermaßen beziehungsfähig. Denn worum es hier geht sind nichts Anderes, als Grundbedürfnisse.

Nach Schulz von Thun lassen sich diese in vier Grundbedürfnisse aufteilen:

- wertvoll sein

- geliebt sein

- frei sein

- verbunden sein

Zusammengefasst ist es ein Dreier–Spiel: Selbstverwirklichung - Individualität, Kontakt - Liebe, Zugehörigkeit - Heimat.

Sie stehen zueinander in einem Kreis und begleiten uns im Alltag. Das ist, was das Leben sinnvoll macht: Bedürfnisse achten – Werte schätzen. Ich wähle Schulz von Thun, weil er mir bekannt ist. Ich habe Vieles von ihm gelesen und auf Weiter- und Fortbildungen während meiner Krankenhaustätigkeit von ihm nicht nur gehört, sondern dies verinnerlicht.

Dazu eine Vorbemerkung von der Generation 60 Plus ... früher, als ich noch ein Kind war ... galten als „Konsummuffel" eher bescheidene und anspruchslose Menschen, da es ihnen an Gesundheit und Geld mangelte. Im Fall von Krankheit oder Pflegebedürftigkeit stiegen die Folgekosten.

Heute kann ich bei mir und anderen 60jährigen ein völlig anders Bild sehen. Es ist, wie ich zu mir sage, eine „Sorgenfreie Generation". Wir sind „Konsumfreudig mit starker Kaufkraft und Kompetenz" ... mit einem gewissen erreichten Wohlstand. Die Industrie, besonders der „Gesundheitswahn" und Tourismus erzielen gute Umsätze. Das ist die allgemeine Realität, in einem Mittelstand und meinem Bekanntenkreis. Dennoch gibt es immer mehr sozial schwache Menschen und einige leben mit sehr wenig Geld ... also am Limit. Darüber berichte ich in meinen Erfahrungen und stoße auf dieses Problem besonders bei Frauen nach Scheidung. Hier handelt es sich um ein Grundsicherungs-Problem der heutigen Gesellschaft.

Meine Feststellung ... die Grundbedürfnisse und Grundsicherung verschieben und ändern sich je nach Wirtschaft und sozialer Lage. Über Lebenslagen und Strukturwandel des Alters wurde bereits viel geschrieben und Sozial-Wissenschaftler beschäftigen sich auch weiterhin damit.

Ich möchte hier keine Wissenschaft oder Politik über das Thema schreiben ... nein, ich möchte nur zeigen und zeichnen, was im Alltag im Zusammenhang mit der Partnersuche der 60-Jährigen meine Erfahrung nah der Realität ist.

Was wichtig und zu erwähnen ist: Liebe ist keine Frage des Alters, genau so ist es auch mit Sex. Dass es etwas weniger stürmisch und gemäßigt geschieht, versteht sich von selbst. So ist es ... gehört zum Älterwerden und wir müssen lernen damit umzugehen und es zu wollen. Natürlich wird darüber nicht viel geredet oder geschrieben. In einem bestimmten Alter ist es noch ein Tabu. Im Internet tut sich viel mit Singles, Singlebörsen und Senioren Portale und es eröffnet uns Möglichkeiten, sich in jedem Alter kennenzulernen. Wir, als 60-jährige Suchende, brauchen außer dem Wunsch einen Partner oder Lebensgefährten zu finden, diesen ganz wichtigen Angelpunkt. Für die Beziehungsfähigkeit müssen wir innerlich und äußerlich frei sein. Darüber bekommt man im Lauf meiner Begegnungen einige Klarheit der Aspekte, denn ich werde hier und da Anmerkungen und Bemerkungen über das Thema einfließen lassen.

Ideal und praktischerweise erwarte ich diese Beziehungsfähigkeit auch von meinen Begegnungen. Somit besteht für den Anfang eine direkte Ehrlichkeit der eigenen Präsentation. Was daraus wird nach dem ersten Treffen, hängt mit Empathie oder Antipathie, die wir unmittelbar in uns spüren, zusammen. Manche, die sensibel sind, spüren sogar, ob beim Gegenüber die Beziehungsbereitschaft da ist. Das kann tatsächlich jedem passieren und Überraschungen dieser Art mögen wir bestimmt nicht ... oder...?

Bereitschaft erfordert in erster Linie ... bereit zu sein, die eigene Freiheit und Unabhängigkeit freiwillig und gerne zugunsten einer Partnerschaft einzuschränken. Das ICH und DU im „WIR Modus" zu denken.

Zum Beispiel, weil sie über gar keine freie Zeit für einen Partner verfügen oder gar keinen Platz in ihrem Herz und Leben haben, den ein Du füllen könnte. Ebenso die Bedürfnisse des anderen zu berücksichtigen, Kompromisse einzugehen, Entscheidungen gemeinsam zu treffen und Schwächen des anderen zu tolerieren.

Aus meine Erfahrung: Es kann gut sein, dass ich glaube, dass mein Gegenüber beziehungsunfähig ist ... aber in Wirklichkeit liegt es an mir selbst, weil eben ich nicht der Richtige für den anderen bin. Also immer schön auch bei sich selbst hinterfragen ... nachschauen...

Die nächsten Kapitel schildern und beschreiben in einer Auswahl meiner guten Erinnerung, einige Treffen mit Frauen und die damit entstandenen interessanten und prägenden Ereignisse.

Begegnung im Februar - Beginn einer Romanze

Seit einer Woche las ich ein Profil über „M.60" bei parship und es hat mich nicht nur beeindruckt, sondern auch berührt, woraufhin ich sie anschrieb und um Kontakt zum Kennenlernen bat. Eine wahre Entdeckung ist das geworden und gestern haben wir telefoniert. Ihre Stimme klang warmherzig, angenehm, voll Harmonie. Ich habe überlegt, worin liegt das Geheimnis, dass Maria so klingt? Ist sie mit sich selbst im Reinen oder Selbstliebe? Ja, das ist es, das Geheimnis des Lebens ... Selbstliebe.

Auch Jesus hat das gesagt, und dies ist die Voraussetzung für die Nächstenliebe. Hier liegt noch was drin ... ganz wichtig ... das Loslassen, um sich selbst zu lieben und überhaupt lieben zu können.

Mit Marias Profil und im Gespräch mit ihr wurde es mir wieder bewusst, dieses absolut für mich „Erste Gebot" im Leben.

Dann fühlt man sich sicher im Alltag und in besonderen Situationen wie Trauer, Schicksalsschlägen, Krieg und ....

Einfach ist das nicht, jedoch ist es möglich „an sich zu arbeiten", die Grundhaltung zur Selbstliebe wiederfinden und sich erinnern, wir sind wertvolle und liebevolle Menschen, aber auch von unangenehmen Personen mit negativer Grundhaltung umgeben.

Nach Viktor Frankl kann der Mensch seinem Leben prinzipiell in jeder Situation Sinn abgewinnen oder geben, solange er bei Bewusstsein ist. Er stellt fest: „Wer ein Warum zu leben hat, erträgt fast jedes Wie. Der Wille zum Sinn bestimmt unser Leben". Als Mensch etwas Sinnvolles zu tun und in etwas Sinnvolles eingebettet zu sein ist notwendiger Bestandteil unserer Integrität und Gesundheit.

Heute, den 8.Februar 2015, Verabredung und erstes Treffen mit Maria zum Pizza essen in Pfaffendorf. Die Begegnung lief wie erwartet ... in einer angenehmen Atmosphäre, bei Pizza und einem Glas Montepulciano Wein haben wir uns Vieles erzählt. Ihre Ausstrahlung lies in mir ein Gefühl starker Anziehung und Glück aufsteigen. Ein Gedankenblitz ging mir durch den Kopf ... ich sitze einer wildfremden Frau gegenüber mit Namen „Maria" ... aber halt, das ist eine liebevolle, attraktive, jung gebliebene Frau und sie gefällt mir.

Später, nach dem wir die Pizza gegessen hatten, wagte ich eine zarte Berührung ihrer Hand. Da kam mir ein weiterer Gedanke ... „Maria, Verwandlung in ein „Du" wird herzlich und spürbar". Es folgte ein Spaziergang am Leinpfad am Rhein entlang in „Wir Form". Als wir durch Pfaffendorf gingen, haben wir uns zart berührt und Maria legte ihre Hand in meine ... so gingen wir Hand in der Hand gemütlich mit etwas Tempo. Es war kalt und trotzdem, begleitet mit Glücksgefühl, liefen wir so bis in den Abend hinein. Beim Abschied eine Umarmung und zarter Kuss auf die Wangen mit den Worten ... wir telefonieren und hören voneinander. Es ist Zuneigung, ich fühle mich zu Maria emotional hingezogen und suche körperliche Nähe. Die Sehnsucht ... das Begehren des Gegenübers ... Ich und Du mit Verwandlung in Wir ... Hand in der Hand ... Herzklopfen und das Glücksgefühl spüren am eigenen Körper.

Auf dem Rückweg zum Auto habe ich gedacht ... was ist Maria für eine liebevolle, herzliche und wertvolle Person. Kurz gesagt eine tolle Frau mit Intelligenz, Warmherzigkeit und Humor und dazu eine feine Schönheit.

Zu hause angekommen war ich zunächst müde, aber gleichzeitig auch aufgeregt und erregt, es waren wunderschöne Stunden die im Nu verflogen sind. Einschlafen und Schlafen wurde problematisch. Mein Körper so wie mein Geist waren wie ein Wechselbad der Gefühle oder eine Achterbahnfahrt ohne Stopp. Da ich ein emotionaler Mensch bin, liegt es auf der Hand, dass so etwas passiert. Ich gebe es zu, es ist schön, das

Erlebte läuft ab wie Kino, nur das Problem ... du bist Schauspieler und Zuschauer zugleich und Abschalten im Kopf unmöglich. Bilder und Emotionen sind Fakten, die Stimmungen zum Ausdruck bringen. Diese bewegen, berühren und treffen mit Wucht und Gefühlen gleichzeitig auf dich.

Heute, 10. Februar 2015, als ich im Dienst zum Patientenbesuch unterwegs war, überfiel mich plötzlich ein Gefühl von Unwohlsein, begleitet mit einigen Tränen in den Augen. Ich musste eine kurze Pause einlegen und habe einen Espresso genossen. Es war ein Anfall von Wehmut und Sehnsucht nach dem verlorenen Partner und eventuell Schuldgefühle, einen anderen Partner zu lieben. Ich weiß, so was kommt ab und zu vor, denn die Verbindung zu Gisela war sehr stark. „Maria, das ist normal, es hat nichts mit dir zu tun und stellt die neue Partnerschaft nicht in Frage." Sondern es ist so eine Erinnerung. Wenn das vorkommt ... bitte Maria, nimm mich in deine Arme und halte mich fest, damit ich mich geliebt und beschützt fühlen kann - das wirkt auch Wunder für mein Wohlbefinden. Lasse mich deine Liebe spüren, das lindert den Schmerz und zugleich ruft es das Glücksgefühl herbei. Du bist das „DU Hier und Heute", Gisela Vergangenheit und Erinnerung, und wir leben im Augenblick.

Nach 10 Minuten konnte ich meine Arbeit wiederaufnehmen. Ich nahm mir vor Giselas Grab zu besuchen und ein Zwiegespräch zu führen, es besteht ein gewisser Klärungsbedarf. Klingt zunächst verrückt, aber in Wahrheit hilft es mir die Reste der Trauerbewältigung loszulassen und abzuschließen. Am Grab habe ich kurz innegehalten, still auf meine Innere Stimme gehorcht und die Antwort kam prompt in mir hoch. „Loslassen heißt, so sein lassen." Die Gegenwart „Maria", vereinigt die Vergangenheit und Zukunft im Hier und Heute. Es kamen Tränen, die sowohl Trauer als auch Freude zum Ausdruck brachten. Ich bedankte mich bei Gisela für die schönen 21 Jahre des Zusammenlebens. Mit Freude und einem

Lächeln im Gesicht fuhr ich zurück nach hause. Als ich zu Hause im Internet war, las ich über Umarmung.

Es wurde wissenschaftlich nachgewiesen, dass Umarmungen positive Auswirkungen auf die Gesundheit besitzen. Studien haben gezeigt, dass sie die Bildung der Hormone Oxytocin und Prolaktin fördern, den Blutdruck senken, sowie eine vorbeugende Wirkung gegen Depressionen besitzen.

Na dann, wenn dem so ist, lass uns mal öfter umarmen und unserer Gesundheit dienen.

Interessant ist zurzeit meine Antwort auf die tägliche Frage ... „Wie geht's?" Meine Antwort ... „Bin glücklich." Das spiegelt meinen Istzustand wider und ist zugleich Ansporn, glücklich zu bleiben, es zu kultivieren und Vorsicht mit dem Feind, der „Routine".

Noch etwas, ein Lied von Udo Lindenberg mit dem Titel „Stark wie Zwei", beim Hören könnte es mich traurig machen, denn es war das schweigsame Vermächtnis meiner Frau. Es wurde bei ihrer Beerdigung in der Kirche und am Ende des Begräbnisses nochmal abgespielt.

Also, wo sind die ersten Frühlingsboten außer „Meiner Begegnung"?

In meinem Garten sind blaue wilde Krokusse und weiße Blumen, wie kleine Margeriten „Gänseblümchen". Jeden Tag wird es draußen heller und grüner, die Vögel zwitschern immer heftiger, die schwarzen Krähen kräxen sehr laut und leider hinterlassen sie auch unliebsame Vogelexkremente. Der Frühling ist unterwegs, das freut mich, denn ich bin im Sternzeichen Widder geboren und weiß, vieles wird im Frühling einfacher, besonders Wandern und Natur genießen. Natürlich, auch die Hormone beim Menschen spielen verrückt ... lösen einen Rausch der Gefühle aus. Für diesen Zustand sind wir als Mensch froh und sollten danach handeln, denn die Liebe braucht auch Pflege.

Ja Maria, Liebe entsteht ganz von alleine - aber wer sie erhalten möchte, muss sie pflegen. Dazu gehört unter anderem sich Zeit zu nehmen und zu kommunizieren.

Wiederentdeckung der Zweisamkeit

Schwerdonnerstag, 12. Februar 2015, kam es zum zweiten Treffen mit Dir Maria. Es lief harmonisch und war romantisch schön, und es hat uns sehr gut geschmeckt im Restaurant „Castello". Bei unserer Unterhaltung haben wir so herzlich laut gelacht und ich dachte vor Freude und Glück würde ich explodieren. Aber die einzige Explosion war unsere gemeinsame Freude beim lauten Lachen und zwischendurch kleine Küsse als Besiegelung der intimen Momente. Und heute beim Spazieren Hand in der Hand, die Sonne auf unseren Gesichtern, die uns so zart küsste und wärmte. Dann später, als wir über den Deich am Rheinufer entlanggingen, in diesem intimen Moment, kam mir der Gedanke ... „Wie schön ist diese Zweisamkeit". Und noch was ... mich begleitet das Gefühl, Maria, als würde ich dich schon lange kennen.

Zweisamkeit ... Nähe ... Distanz, die mir wieder begegnet und die ich mit dir entdecke, ist beim Verliebt sein ein Ausdruck der Sehnsucht nach dem wichtigsten Menschen in meinem Leben.

Und das bist Du Maria. Wie Du schon festgestellt hast, bin ich ein Romantiker und so fühle ich mich auch und ich glaube, du bist es auch. Unsere Beziehung braucht Romantik, sie gehört einfach dazu, dafür wird auch mein Naturell sorgen.

Ich fand heute, der Spaziergang am Deich mit Sonne und eine kleine kühle Brise, romantisch ... es hält uns in Schwung und ist natürlich gesund.

Romantik, Maria, heißt ... sich gegenseitig zuzuhören und für den anderen da zu sein.

Romantisch sein heißt sich Zeit füreinander zu nehmen und vor allem heißt Romantik ... dem anderen zu zeigen, dass wir ihn lieben. Das genau tun wir und dazu wächst unser gegenseitiges Vertrauen. Schön fand ich den Moment, als du spontan deinen Kopf liebevoll auf meine Brust gelegt hast, da habe ich Harmonie, Geborgenheit und innige Verbundenheit gespürt. Ja

Maria, „Ich Liebe Dich". „Innige Verbundenheit" klingt Klischeehaft und Kinoreif, aber ich weiß es, die kurzen Nächte ... ständig an dich denken ... die Berührungen und die Sehnsucht nach dir bestätigen es mir. Es entfacht in mir eine Leidenschaft, die, wenn ich bei dir bin, wie ein Feuer und Flammen in mir brennt, schwer zu bändigen.

Ein Spruch, den ich jetzt besser verstehen kann ... „Liebe ist Leidenschaft, Liebe ist Hingabe, Liebe ist -Jemand- ohne den man nicht leben möchte"

Zurück zu Zweisamkeit, Bindung und Beziehung ... „Um sich richtig fallen lassen zu können, ist viel Vertrauen erforderlich". Maria, das werden wir wohl die nächste Zeit sicher leben und erleben. Das Wünsche ich für uns Beide. Dann bis Sonntag 16.00 Uhr

In Liebe Leonardo

Endlich, seit heute Nacht 13.-14. Februar 2015, schlafe ich besser und auch durch und dadurch wache ich ausgeruht am Morgen auf. Gestern Abend und auch den ganzen Tag über habe ich meditiert und über uns nachgedacht, Zwiegespräche mit mir selbst geführt, inne gehalten vor dem Einschlafen und dann für mich festgestellt... „Maria, ich weiß, Du bist in mir und bist auch noch da, wenn ich aufwache, sowie gerade jetzt, wenn ich schlafen gehe, Gute Nacht". Ich habe das Gefühl es kommt etwas auf mich zu, was ich nicht kenne und mir doch vertraut ist, ich glaube, es ist die „Verlust Angst" ... aber Warum? ... Wozu? ... ich bin doch glücklich.

Nun ist der Zeitpunkt eine Bestandsaufnahme der Situation zu erfassen, um den Verlauf und die Schritte, die bis dato gemacht wurden, zu verstehen. Wir sind kompatibel ... die Chemie stimmt, denn es hat gefunkt ... wir gewöhnen uns gerade aneinander ... gehen den Weg gemeinsam Hand in der Hand. Wir kommunizieren und sind Erwachsene, Herz und Verstand gehen auch gemeinsam und doch schleicht sich in mir ein Gefühl ein, das negative Gedanken bringen will. Ich weiß aus der Trauerbewältigung, dass so was eintreten kann und das Kommando über mein Herz und Verstand übernehmen will. Doch ich bin wachsam und achtsam und habe die letzten Monate mit Schmerz und negativ aufkeimenden Gedanken gelernt umzugehen. Ich lasse mich nicht unterkriegen, werde mein Herz und meinen Verstand im Einklang behalten, koste es, was es kostet ... egal, auch wie. Mir kommt gerade die Übung in den Sinn, die ich in meiner Kur gelernt hatte und von Zeit zu Zeit anwende ... die „Ampel Entspannung".

„Konzentriere dich lediglich auf deinen Herzschlag und auf deinen Atem ... alle störenden Gedanken, die sich einmischen wollen, werden dabei mit einem Lächeln begrüßt und gleichsam verabschiedet.

Begrüßt sie mit dem Einatmen und verabschiedet sie mit dem Ausatmen".

„Mach dies einige Minuten lang, bis du wirklich spürst, wie die Kraft deines Herzens immer mehr den magischen Augenblick ausfüllt. Es ist meine Präsenz, die nun den ganzen Raum um mich herum ausfüllt.

Herz und Verstand bei Lebensentscheidungen einzusetzen ist wichtig.

Fast jeder im Restaurant ist bei der Entscheidung ... Was will ich essen? ... und Bestellen vom Menü schon überfordert. Was wird bestellt? ... nach langer reiflicher Überlegung ... das Gleiche, wie immer.

Will man eine neue Partnerschaft eingehen, darf man nichts überstürzen sondern sollte es langsam angehen lassen.

So sagte es auch Maria zu mir, denn sie braucht Zeit. Zeit zum aneinander gewöhnen, an die neue Situation, um eine gemeinsame stabile Basis aus Nähe und Distanz aufzubauen. Ja Maria, ich denke genau so. Es ist also sinnvoll schon in dieser Anfangsphase Wünsche und Probleme anzusprechen. Es ist die Kennenlernen Phase und so soll es sein. Ich meine hier damit nicht das einfach Sehen und Riechen der Partner. Nein, es ist mehr gemeint, man gewöhnt sich aneinander und lernt den anderen immer näher kennen.

Die Partner wissen, was sie aneinander haben und wie sie miteinander umgehen. Auch nach Außen ist diese unsichtbare Verbindung spürbar ... ein Paar wird als Einheit angesehen und nicht mehr unbedingt als einzelne Personen. Doch dieses wird nicht als störend empfunden.

Bei mir und Maria geht es so ... aus der Begegnung wachsen Achtung, Respekt und Geborgenheit.

Gestern haben wir telefonisch uns verabredet für den Sonntag nach Valentinstag, denn Maria hatte gerade anderweitig familiäre Verpflichtungen. Am Telefon fragte ich Maria, was wir unternehmen wollen ... und sie, so klug und mit Ruhe antwortete ... „Leonardo, lass dir was einfallen." „Gut Maria, ich werde mir was ausdenken, Ciao und Gute Nacht."

Maria, als kluge Frau und die Ruhe in Person, hatte mir das Organisieren unserer Verabredung überlassen. Wirklich sinnvoll, taktisch gut. Denn sie hatte geahnt, es kommt sicher was Gutes, Sinnvolles und Romantisches dabei heraus. Ja Maria, ich muss gestehen, deine Menschenkenntnis ist ausgezeichnet, deine Entscheidungen sind von Lebenserfahrung, Intuition, Intelligenz und Weisheit geprägt. Denn wie du mir schon gesagt hast, deine letzten Jahre, durch die Scheidung, Familie mit 2 Kindern weitergeführt als Power Frau, bist du über dich hinausgewachsen. Der Rest der Erfahrung kommt sicher durch deinen pflegerisch-sozialen Beruf mit Müttern und Kindern, die dir anvertraut sind, um die du dich tagtäglich mit deinem Team kümmerst und für ihr Wohlergehen sorgst .

Hut ab Maria, weiter so!

Zurück zu meiner Aufgabe ... Verabredung gestalten und dabei unsere Wünsche, so wie unser Verständnis für gemeinsame

Freizeit nicht außer Acht lassen. Maria und ich wollen den Moment genießen, heißt, das Leben genießen. Anders gesagt ... wie ich irgendwo gelesen habe: „Wer die Fähigkeit besitzt, jeden Moment zu genießen, ist bedeutend reicher, als er im Moment noch glauben mag. Denn er benötigt keine großen Taten, um in sich das Gefühl von Erfüllung und Bedeutsamkeit zu erzeugen". Die Macht und Faszination des Augenblicks, ist unabhängig von Vergangenheit und Zukunft, es ist Hier und Heute. Und dabei wird uns bewusst, dass die Frage, die sich viele Menschen stellen ... „Was war gestern und was wird morgen sein?" ... gar keine Bedeutung mehr hat.

Mir ist eingefallen, warum nicht essen gehen in ein Gourmetrestaurant, wo alle Sinne und Gaumenfreuden sich vereinen? Wie in einem Ambiente mit französischem Jugendstil geschmückten Tempel? Mir kam der Name „Le Chopin" im Hotel Bellevue in Boppard in den Kopf und ich reservierte sofort für Sonntag 18.30 Uhr einen Tisch. Wir hatten 3 gute Gründe zu Feiern ... Unsere Begegnung ... Valentinstag und unseren neuen Lebensabschnitt. Dann überlegte ich weiter ... ein Geschenk möchte ich Maria machen ... eine Geste und Symbolik zum Thema Leben, Werden und Sterben. Mir fiel ein, das Ägyptische Kreuz, ein Schutz-Amulett der Pharaonen und Priester im Alten Ägypten, mit tiefem Symbolinhalt ... die Lebenskraft. Das Symbol selbst besteht aus einem „T" mit einer aufgesetzten halben Lemniskate ... eine schleifen-förmige geometrische Kurve. Ich kaufte dieses kleine Kreuz aus Silber beim Juwelier und verpackte es selbst mit einem Infozetteln in alter Schrift in eine hübsche Schatulle. Jetzt wusste ich und sagte mit großem Stolz zu mir ... „Leonardo, damit kannst Du sicher sein, es wird eine Überraschung und eine Freude ... nicht nur für Maria sondern auch für mich."

Sonntag 16.15 Uhr, ab zu Maria, sie abzuholen. Auto geparkt ... geklingelt und ich hörte Marias Stimme vom 1. Stock ... „Komm hoch"! Diese spontan nette Aufforderung in die Wohnung zu gehen, in ihr „Heiligtum" ... ehrlich, das hatte ich nicht erwartet. Aber Maria ist so frei und handelt intuitiv, und das liebe und schätze ich an ihrer Persönlichkeit. Mit Mut, Neugier, Freude und Achtung betrat ich die Wohnung ... freundlich mit Wangenkuss und Umarmung wurde ich von Maria begrüßt und empfangen. Maria hat mir das eigene intime Wohnen, ich nenne es Heiligtum, wo nicht jeder Zutritt hat, mir, noch quasi Fremden eröffnet und gefragt „Leonardo, möchtest du auch einen Grünen Tee trinken?" Was für ein Fortschritt in einer Beziehung, der uns bestätigt, unser Vertrauen wächst im Quadrat der Entfernung zum Ziel (Werden). Ich dankte ihr, dass ich ihr Heiligtum betreten darf und gerne einen Tee nehme. Sie hat mit Freude gelacht und sich gewundert über meine Wortwahl. Daraufhin habe ich Maria in reger Unterhaltung erläutert, warum in meiner kreativen Fantasie das Wort „Heiligtum" vorkommt. Es ist ein Ort, der im Religiösen besondere Verehrung und Wertschätzung ausdrückt ... die Tabuisierung und Schutz bietet. Die eigenen vier Wände sind es auch für uns: Schutz ... Geborgenheit ... Gemeinschaft mit den vertrautesten Menschen ... Austausch von Zärtlichkeit ... Aufbewahren persönlicher Gegenstände ... sowie private Haushaltsführung.

Beim Tee trinken führten wir eine anregende Unterhaltung über unser Leben vor unserer Begegnung, um uns besser verstehen zu können, wie wir heute geworden sind. Dabei zeigte mir Maria die Fotos ihrer beiden Töchter, Jane und Irina. Sie sind hübsch und mir fiel auch auf, warum. Beim Betrachten fällt sofort auf, dass unterhalb der Augen, die Nase und feine Gesichts Konturen genau so wie bei Maria sind, der attraktiven hübschen Mutter.

Die Zeit verflog so schnell bei unserer Konversation, da hatten wir die Zeit vergessen. Es war kurz vor 18.00 Uhr und wir mussten schnell nach Boppard. Wir wollten pünktlich ankommen, denn der Genusstempel wartet auf uns sicher mit einigen Köstlichkeiten. Angekommen ... vornehm freundliche Begrüßung gefolgt von Mantel und Jacken abnehmen und dann wurden wir zu unserem reservierten Tisch geführt. Leider etwas weit entfernt vom Jugendstil Kamin. Das ganze Restaurant ist im Französisch Romantischen Jugendstil gebaut und gestaltet, so wie die Tischkultur ein Ambiente zum Verweilen und genießen bietet. Das genau taten wir über zwei Stunden. Wir haben Kochkunst, erlesene Speisen und edle Tropfen kennengelernt. Haben gestaunt und geschmeckt in einer ruhigen Atmosphäre, begleitet mit einer dezenten Musik im Hintergrund. Bei jedem Degustation Teller gab es vom uniformierten Oberkellner mit Poesie im Rezitativen Ton die fein detaillierte Erklärung der jeweiligen Köstlichkeiten. Maria und ich kamen aus Schmecken und Staunen nicht mehr raus. Alle Sinne waren beteiligt ... das Aussehen ... das Hören ... Tasten und natürlich Essen. Am Ende jeder Köstlichkeit kam fast im Einklang von Maria und mir, von innen heraus die Bestätigung: das wohlige „mmmmhhhh". Ja es war ein Erlebnis ... im Hier und Heute ... in Zweisamkeit ... Unbeschwertheit ... Genussvoll toll und ein schöner Karnevalssonntag.

Geben und Nehmen ... eine Entscheidung

Heute 19. Februar 2015 wache ich auf mit dem Gedanken an Maria und unserer Beziehung ... das Thema in mir ... Geben und Nehmen.

Seit einigen Tagen lebe ich zwischen Arbeit, Handwerker und Staub, der so weiß und fein wie Schnee ist und mein ganzes Mobiliar bedeckt, denn nicht alles lässt sich mit Tüchern abdecken.

Die Modernisierung und neue Gestaltung der Wohnung verlangt Geduld und eine Handvoll Humor, denn die Handwerker können mit ihrer Kunst und manuellen Arbeit auch mal Grenze und Geduld strapazieren.

Dann, am Spätabend, endlich, nach getaner Arbeit und einem genüsslich gegessenen Quinoa Salat ... das ist meine neueste kulinarische Entdeckung ... ein Genuss, der aus Linsen, Preiselbeeren und Quinoa „Inkareis", einem lebenswichtigen Grundnahrungsmittel besteht. Dann kommt spontan und instinktiv mit Freude das Telefonieren und Hören von Maria, die ich den ganzen Tag vermisse obwohl ich sie ständig mit mir und in mir „herumtrage". Beide verspüren und vermissen wir uns sehr, sehnen uns, uns wieder zu begegnen. Die Schichtarbeit im Krankenhaus, Baustellen und andere familiäre Angelegenheiten lassen es leider nicht direkt zu. Zurück zu uns, fällt mir auf, dass, sich angezogen fühlen oder Liebe als Erwachsene anders ist, als wenn man jung ist. Und Maria empfindet und denkt auch so.

Also wo ist der Unterschied? ... oder besser gesagt ... was prägt und trägt diesen Zustand der starken Gefühle bei mir und Maria?

Die Antwort kommt spontan, instinktiv, klingt und ist einfach: es ist ein Wechselspiel von Geben und Nehmen. Denn jede

Beziehung lebt von der Erfüllung der Bedürfnisse des anderen, ein Spagat zwischen egoistisch und altruistisch.

„Wer sich selbst nicht liebt, der kann auch keine Liebe geben"

Jeder erlebt die Liebe anders, jeder versteht unter Liebe etwas anderes und jeder empfindet das Gefühl des Geliebtwerdens bei unterschiedlichen Gelegenheiten. Ich behaupte und bin überzeugt ... Geben und Nehmen prägen und tragen das Gerüst der Liebe, andernfalls droht ein Riss und Bruch bis zum Sturz der Partnerschaft. Was ist und was meine ich mit Geben und Nehmen in der Partnerschaft? Modern und aktuell ausgedrückt ... eine Win-Win-Strategie, welche wie in der Wirtschaft zum Ziel hat, dass „alle Beteiligten und Betroffenen einen Nutzen erzielen". Jeder (Verhandlungs-) Partner respektiert auch sein Gegenüber und versucht dessen Interessen ausreichend zu berücksichtigen. Es wird von gleichwertigen Partnern um einen, für beide Seiten, positiven Interessensausgleich gerungen. Die Auswirkungen auf Dritte sind dabei zu berücksichtigen.

Es klingt fachmännisch, technisch und kommerziell, aber keiner von uns will ein Verlierer sein. Also Win-Win ... Doppelter Gewinn ... und auf lange Sicht verspricht und hält dieser doppelte Gewinn das Gerüst der Liebe.

Die Frage, was gebe ich und was nehme ich? ... hängt vom Vertrauen und der Bereitschaft in die Partnerschaft zu geben ... zu investieren ab. Wir geben in dem Vertrauen, dass wir auch etwas zurückbekommen. Es gibt jedoch auch Menschen, die eine Partnerschaft eingehen, weil sie einen anderen Menschen ausnutzen wollen oder es von Kindheit an nicht anders kennen, als in der Position des Nehmers zu sein. Diese Menschen sind zu Bedauern, denn sie werden früher oder später Opfer werden. Das Gleichgewicht oder Spagat zwischen Geben und Nehmen ist eine Mischung aus beiden und als Verzierung oder Krönung kommen Komplimente, die spontan und herzlich das ganze Gerüst verschönern.

... Maria wir sind auf einem guten Weg uns eine Basis aufzubauen ... wir wissen worauf es ankommt und was wir wollen. Dann weiter so, in diesem Sinne eine feste Umarmung und Kuss. Bis dann...

In Liebe Leonardo

Liebe Maria, als ich heute Morgen aufwachte musste ich unweigerlich an unser Gespräch, welches beim Schauen und Begutachten der Berge von Tupperware und dem Entrümpeln in meiner Küche stattfand, denken. Es war circa 4:30 Uhr, Zeit zu Duschen und Frühstücken und gleich Losfahren, denn die Arbeit wartet auf mich. Aber die Erinnerung an unseren Gedankenaustausch von gestern Nachmittag, reist und verweilte zwischendurch in mir. Es kam ein Denkanstoß und Erkenntnis zum Thema „Simplify your Life" ... von Ballast befreien oder was du nicht brauchst, wegwerfen. Vereinfache dein Leben, dieser Leitgedanke, Maria, ist ernst zu nehmen, denn wir und ich neigen zum Sammeln und mit dem Gedanken „Irgendwann brauchst Du´s" endet es dann in überfüllten Schränken. Im Extremfall ... mit Sucht und Zwang als Messie.

So, wie Maria gemeint hat, dürfte dies mit los lassen und einfach leben zu tun haben. Oft hängen wir zu sehr an materiellen Dingen und wollen die Gegenstände festhalten. Doch die Stärke liegt im „Los lassen". Hierin liegt der Hund ... Pardon ... die „Wahrheit" begraben. Was die Redensart bedeutet, ist wohl den meisten klar: Sich lebhaft und von ganzem Herzen über eine Sache freuen und im Moment genießen, aber nicht krampfhaft daran festhalten.

Heute Nachmittag beim Schreiben habe ich begriffen, was es bedeutet und was zu tun ist. Also Leonardo, ran an die Arbeit und vergisst nicht ... Leben vereinfachen ... entrümpeln und entschleunigen und dies betrifft nicht nur Gegenstände in der Wohnung, sondern auch verborgene Gegenstände in MIR.

Zeit ... Gedanken ... Konsumneigung ... allerdings persönliches Entschleunigen dürfte bei meinem Temperament etwas schwierig werden, aber nicht unmöglich. Denn wo ein Wille ist, ist bekanntlich auch ein Weg. Das Leben fließt und wir mit ihm, das ist Harmonie. Wenn ich versuche das Leben festzuhalten, baue ich Hindernisse und es kommt zu Stau und Kollateralschäden, die teilweise irreparabel sind.

Was mich über dich Maria persönlich erfreut und ich als schön empfinde, ist das gut ausgebaute und weitgreifende Sozialnetzwerk mit vielen verschiedenen Akteuren, die du um dich hast.

Primär sind deine Familie und der Nachwuchs, sekundär Freunde und Kollegen, so wie Familien und Kinder, die du betreust.

Als meine Frage kam, ob du in der Woche nicht mehr Zeit für mich hast? ... hast du so schön zu mir gesagt: „Leonardo, ich zeige dir meinen Terminkalender. Ich weiß es und habe es verstanden. Dies trägt und prägt dich Maria in deinem Profil und deinem persönlichen Dasein. Es ist dein Leben und dein Alltag, die dich begleiten und gleichzeitig tragen.

Ich bin auch überzeugt, das Ergebnis, die Harmonie, die dich kennzeichnet und die du ausstrahlst, kommt durch deine tägliche Begegnung mit deinem Gegenüber, sei es auf der Arbeit oder Privat. Deshalb Maria ist mein Kompliment „du bist eine tolle Frau" nicht aus der Luft gegriffen, sondern widerspiegelt, was in deiner Person ... was in dir steckt. Ich sehe und spüre, diese Anerkennung tut dir innerlich gut und gleichzeitig spornt sie dich weiter an, so zu handeln. Ich gestehe Maria, du faszinierst mich immer mehr, denn alle deine Talente kommen ans Tageslicht und bilden ohne Schriftform in meinem Herz das wahre Profil von dir. Was mich gestern Abend beim Pizza essen sehr erfreut hat, deine zwei Komplimente: Das Strahlen deiner Augen und mein Handkuss in Boppard, den du noch spürst, diese Bilder habe ich vor mir.

Und es stimmt, kann es bezeugen, denn das gleiche habe ich auch gedacht, das sind für uns zwei romantische und magische Momente. Übrigens ich Spüre auch noch unseren ersten Kuss unten am Rhein, es war toll und ist unvergesslich. Danke Maria, dass Du den Weg mit mir gehst und wir gemeinsam schöne Momente erleben.

Kuss und Umarmung bis bald.

In Liebe Leonardo

Dienstag 24.Februar 2015

Ich war nach getaner Arbeit zu Hause und wartete mit Freude auf einen Anruf von Maria, um sie zu besuchen, denn sie hatte mir gesagt „Leonardo, ich habe Dienstag Zeit, komme ca. 19:30 Uhr"

Der Anruf kam und war für mich eine unerfreuliche Nachricht.

Sie hätte nun doch keine Zeit, wäre nicht in mich verliebt und für mich sei eine Frau, die mir mehr Zeit geben oder schenken kann besser. Ich war zunächst überrascht und dann schockiert, auf eine solche Nachricht nicht vorbereitet. Ich konnte nur antworten „Autsch, das tut richtig weh" und dann war Stille. Doch ich habe kapiert ... Maria hat sich für „Sich" und nicht für „Uns" entschieden. Sie hat Prioritäten und was sie sich aufgebaut hat an sozialem Netzwerk, das ist ihre Wahl und nicht Ich, Leonardo. Ich war überzeugt es klappt mit uns beiden und zwar mit der Integration des „Wir sein" und ihrem sozialen Netzwerk, ohne Verluste zu melden und im Einklang mit allen Beteiligten.

Maria gehört, meiner Meinung nach, zu den „Power Frauen", die ihr Leben nach Scheidung neu aufgebaut haben und daraus Kraft und Freude schöpfen. Es sind Freundinnen, befreundete Ehepaare, neues Arbeitsfeld, eigene Kinder mit Kindern. Dies ist für Maria eine Sublimierung, ein Hocherheben und über alles die eigene zufriedene und glückliche Situation. Sie empfindet eine große Freude und Lebenserfüllung. (Hier komme ich später noch dazu, es geht um Verabsolutierung der Gefühle)

Ich muss einfach akzeptieren und so sein lassen. Das habe ich gelernt ... es ist das Loslassen ... das „nicht klammern" ... an etwas festhalten wollen, was nicht geht oder was es nicht gibt und einfach vergessen.

Denn das Leben hat immer wieder Überraschungen und Wendungen parat. Ich bin mir sicher, es war so für meine Zukunft nicht vorgesehen. Also sagte ich zu mir ... Kopf hoch Leonardo, ab zum parship im Internet und schreibe, um Kontakte zu knüpfen ... Irgendjemand da draußen wartet auf dich. Eine Begegnung und der „Zufall" ... Ja, ich werde mich freuen.

So nüchtern betrachtet, diese Romanze hat mir eine Lektion erteilt.

Liebesschmerz ... Besinnung ... Nachdenken über die menschliche Natur ... Ansicht und Konfrontation über Freiheit der Entscheidung.

Die Freiheit sich zu Entscheiden ... für oder dagegen ... „sich fallen lassen" ... hängt von unserem Denken ab und dabei spielen frühere Erfahrungen eine Rolle.

Verstand und Herz im Kampf und dann taucht die Verlustangst wieder auf, vom Partner verletzt oder sogar verlassen zu werden. Diese Angst ist so groß und übersteigt und vernichtet die Freude daran, eine neue Partnerschaft zu wagen. Maria war, wie ich schon erwähnte, eine tolle Frau mit vielen positiven Eigenschaften.

Mein Herz und Verstand sagte zu mir: „Maria war's nicht, du wirst schon die Richtige noch finden!" Also nicht aufgeben, aufstehen, weitergehen, das Leben hält noch so manche

Überraschung parat. Ich muss sie nur sehen, erkennen und zum richtigen Zeitpunkt zugreifen.

Nun gut, ich bin in meinem Leben nun um eine Erfahrung Richtung Partnerschaft reicher geworden. Ich lerne die Begegnung mit Frauen ohne große Erwartungen, nicht krampfhaft und mit Ruhe und Freude anzugehen.

Treffen mit Dora in Koblenz

Eine Frau mit gänzlich anderem Profil beim parship. Sie hatte Interessen angegeben, von einer Reise nach Süditalien, an der Amalfi Küste entlang und Salerno, weckte und lenkte meine ganze Aufmerksamkeit auf sich. Meine erste Heimat, mein Geburtsort... Das machte mich stolz und froh und sofort nahm ich Kontakt auf, schickte eine Mail, um uns näher kennenzulernen. Das Thema war eben Wandern und Kennenlernen von Salerno und Amalfiküste, wegen ihrer Schönheit auch von Dichtern genannt mit einem adäquaten Adjektiv „die Göttliche".

Dora war begeistert und interessiert und so erfolgte zwischen uns eine rege und aufregende Kommunikation per Mail, die später telefonisch weitergeführt wurde. Dies ließ ein wenig Sympathie, Freude und Vertrauen aufbauen. Dann, nach circa 2 Wochen, verabredeten wir uns auch zum Sehen.

Wir trafen uns am Deutschen Eck in Koblenz, ein Sonntagnachmittag im März. Es war ein von Sonne und Wolken geprägter Frühlingstag mit angenehmer Temperatur. Dora kam pünktlich, toll geschminkt, hübsch, aber sie war doch ziemlich aufgeregt. Ich übrigens auch, allerdings ohne direkten Grund, denn die Freude jemand kennenzulernen war bei mir größer. Nach der freundlichen Begrüßung und aus Neugier haben wir uns kurz und intensiv angeschaut. Wir beide wirkten angespannt und ängstlich und wir wurden uns einig etwas spazieren zu gehen in Richtung Altstadt und danach auf einen Kaffee ins „Kaffeewirtschaft" am Münzplatz. Da haben wir uns angeregt über uns, Salerno, Süditalien und über das aktuelle Geschehen in der Welt unterhalten. Mir fiel ihre zunehmende Nervosität auf, die auf ihren Gesichtszügen abzulesen war und dies hatte eine negative Ausstrahlung auf mich. Ich sagte nichts und habe so getan als hätte ich nichts bemerkt. Ich unterhielt mich weiter wohlwollend auf freundliche Art. Innerlich wurde ich dadurch auch zunehmend unruhiger. Ich hatte gar keine Avancen oder Flirt Versuche gemacht und nur ein paar normale

Komplimente spendiert, die in der Tat, der Wahrheit entsprachen. Sie war attraktiv mit zierlicher Figur, eine sympathische Frau, diese Dora. Ich fragte sie, ob wir uns noch mal treffen? ... Sie sagte ja, jedoch ihre Körpersprache verriet mir ein anderes Wort, nämlich ein nein. Einige Minuten später sagte Dora plötzlich „Leonardo, ich muss weg, nach Hause, es tut mir leid aber ich muss weg, habe zu tun". Ich merkte ihre Unruhe und Nervosität, habe sie direkt nicht verstanden, warum so eine Eile. Innerlich dachte ich hier stimmt was nicht. Ich begleitete sie bis zum Parkplatz zu ihrem Auto. Unterwegs wechselten wir kein Wort, es war wie eine Untergangsstimmung. Die Verabschiedung war freundlich aber mit Nervosität hoch geladen, fast zum Explodieren. Sie hatte mir nicht mehr direkt in die Augen schaut, der Blick glitt irgendwo zwischen Boden und Horizont. Ich war perplex und ratlos, dachte was war heute passiert, habe ich was gesagt oder was getan? Nein, es war nichts geschehen ... wir hatten uns über dies und das unterhalten. Ich ging zurück zum meinem Auto mit einem komischen Gefühl im Magen und eine Frage die mich quälte.

Was ist bei Dora los?

Als ich zu hause ankam habe ich kurz überlegt und spontan eine Mail an Dora geschrieben und gefragt was eigentlich los war. Circa eine Stunde später kam eine Mail mit der Antwort ... „Es hat mit dir Leonardo nichts zu tun, ich bin aufgewühlt und sehr unruhig, bin noch nicht bereit, jemand kennenzulernen für eine neue Beziehung. Ich möchte noch die Situation des geschieden sein weiter verarbeiten, der Moment ist gar nicht gut. Du wirst schon eine Frau finden, die zu dir passt. Danke und alles Gute ... Ciao Dora"

Ich bedankte mich für die Antwort und wünschte Dora auch alles Gute für die Zukunft und sagte Adieu.

Und so schnell ging dieses erste Treffen zu Ende, bevor es überhaupt richtig angefangen hatte. Selbstverständlich hatte ich

Verständnis für Dora und diese Situation und doch auch wieder nicht.

Warum nicht? Dora hatte sich bereit erklärt, und war schon seit einiger Zeit angemeldet im Webportal Parship. Ich ging davon aus, die Bereitschaft und der gute Wille auf eine neue Beziehung sich ein zulassen war vorhanden. Das ist theoretisch, jedoch in der Praxis, wie ich und sie selbst gemerkt haben, war sie Meilen weit davon entfernt.

Ja, ich war das zweite Mal wieder konfrontiert mit einer nicht bereiten Frau, die aber schon im Internet unterwegs auf der Suche nach einem Partner ist. Es taucht bei mir die Frage auf ... „Wie ist das möglich Leonardo, warum passiert so was?" Ehrlich, ich habe keine Antwort, jedoch eine Vermutung, die auch plausibel klingt. Mir ging ein Gedanke hin und her so in meinem Kopf und es kam ein Verdacht auf. Die Scheidung ... Trauer ... Wut und Schmerzbewältigung ist meistens ein langer und selten nur ein kurzer Prozess ... meine eigene Erfahrung. Dies verlangt von der Person, die das mitmacht, einiges ab. Es geht hin und her, auf und ab, eine Achterbahn der Gefühle. Harte Arbeit an sich als Person, die in die Tat umgesetzt werden will. Bereitet sogar mir heute noch von Zeit zu Zeit Probleme ... Momente und Minuten, in denen alles sich im Kopf nur um eine liebe vermisste Person dreht. Es ist wie ein Chaos ... Wirrwarr und dabei kommt es zu einer „totalen Lähmung" der Betroffenen. Du tauchst in eine Welt von grauschwarzer Melancholie. Es fühlt sich genau so an, wie ich beschrieben habe ... ohne Übertreibung ... und du kannst in diesen Minuten ... manchmal Stunden ... nichts dagegen unternehmen.

So oder ähnlich musste Dora sich gefühlt haben. Ein unbehaglicher Zustand, ohne direkt was dagegen tun zu können ... außer die Flucht nach vorne ... weg vom Geschehen zu ergreifen. Dieser Anfall oder Ohnmacht der Gefühl, den Dora bekam, war bemerkenswert. Sie war schon über vier Jahre geschieden und trotzdem noch nicht gelöst.

Was habe ich gelernt aus dieser kurzen und unangenehmen Begegnung für mich und für Dora? Bei einer neuen Begegnung geduldig sein, sich Zeit nehmen und lassen, ohne große Erwartungshaltung, jedoch mit Offenheit, Authentizität und sich überraschen lassen, was passiert. Ein Begleiter bei jeder neuen Begegnung mit einem Mann oder Frau, ist eine gesunde Mischung aus Aufregung, Neugier und Hoffnung. Ich denke das Gegenüber empfindet dies genau so und natürlich ist es von Vorteil, wenn beide in der entstehenden Situation angemessenen agieren und reagieren. Respekt und Wahrung von Nähe und Distanz. Es sind einfach menschliche Werte und Regeln nicht nur für angehende und suchende Partner, sondern auch in der Gesellschaft, die das Leben erleichtern und besseren Zugang oder sich Einlassen dem Gegenüber ermöglichen.

Begegnung mit Mina im April im Westerwald

Anfang April, ich war wieder im Internet auf parship, suchend nach einer geeigneten Frau, dann las ich über Mina 60. Ihr Profil fand ich ziemlich interessant und hat mich beeindruckt und neugierig gemacht. Mein Instinkt sagte „Mut Leonardo, kontaktieren, es kann was werden". Und so tat ich es auch und prompt kam kurz danach eine Mail zurück mit dem gleichen Wunsch, nach Kennenlernen.

Mina ist natürlich nicht ihr richtiger Name, aber es klingt italienisch und nach einem Hauch Jasmin und Musik. Sie wohnt auch nicht weit von mir entfernt in Altenkirchen im Westerwald. Wer weiß, lassen wir uns überraschen, so dachte ich. Wir haben dann miteinander telefoniert, ihre Stimme klang lebendig, herzlich und sympathisch und so verabredeten wir uns für den darauf folgenden Sonntag, früh nachmittags zum Kaffee trinken in Rengsdorf. Gleichzeitig trafen wir ein und parkten auf dem einzigen Parkplatz, den ich überhaupt gesehen habe.

Mein erster Eindruck von Mina ... etwas wuscheliger schwarzer Haarschopf, strahlende Augen und hübsches Gesicht, normale Figur. Beim Vorstellen und Hände drücken ein gewisses Temperament, das spürte ich. Ich war überrascht von Mina´s Erscheinung und mit etwas Aufregung sind wir mit einem Auto zum einzigen Café und Kneipe, die wir gesucht und gefunden haben. Ja in der Tat, Rengsdorf ist doch ein Dorf, und keine Stadt und an diesem Sonntag, an dem das Wetter mit Kapriolen hin und her ging, war eigentlich, salopp gesagt, nichts los. Das Café, fast am Waldrand gelegen, mit einem großen Raum und Mobiliar, das eher für eine traditionelle Wirtschaft geschaffen war, kam mir vor, als ob dort die Nachkriegszeit stehen geblieben sei. Die Atmosphäre war ruhig, mit leiser dezenter Musik. Wir waren fast die einzigen Gäste und konnten uns ungestört und leidenschaftlich über uns unterhalten. Ich spürte, auch Mina war aufgeregt, doch im Laufe des Nachmittags verwandelte sich alles in eine angenehme fröhliche Unterhaltung, als würden wir uns schon lange kennen. Wir tranken Cappuccino und aßen Apfelstrudel mit Eis und Himbeer-Soße. Es war köstlich und gut zubereitet ... da hatten unsere Sinne Freude beim Schmecken. Und wir fanden aneinander Gefallen ... das war zu spüren. Ein Gefühl in der Luft über uns ... schwerelos ... Amor´s Putten mit Pfeil und Bogen fliegen ... parat zum Pfeile schießen.

Mina war auch geschieden, allerdings mit einer besseren Ausgangssituation. Sie lebt im eigenen Haus und durch ein Rückenleiden wird sie bald in Vorruhestand gehen. Sie kämpft um die Anerkennung der Rente und trotzdem gesund zu bleiben, und natürlich freut sie sich auf dem Ruhestand. Na, dachte ich „Endlich eine Frau mit besserem Stand und ohne sichtbare Probleme, das ist schon was".

Nach dem Kaffee wollten wir etwas spazieren, doch durch das schlechte Wetter, durch Wind und Regen, kaum erstrebenswert. Wir verabschiedeten uns mit Umarmung und Wangenkuss, mit „Wir wollen uns wieder sehen", „gerne" antwortete ich, denn wir haben beide das Gefühl, es könnte aus dieser Begegnung was werden.

Mina und ich telefonierten ein paar Tage später und unterhielten uns über ein Treffen am Vormittag, denn ich hatte die Woche Spätdienst im Krankenhaus. Die Wahl von Mina fiel auf das Café Wehrmann in Altenkirchen, denn es hat nicht nur einen guten Ruf, es war auch gut und es schmeckte auch ausgezeichnet.

Die Kartenauswahl mit verschiedenen Frühstücken, Angeboten und anderen Möglichkeiten zur freien Wahl, war gut durchdacht und praktisch für die Gäste. Verabredung 9:00 Uhr, ein kalter aber sonniger Tag mit nur wenigen Wolken am Himmel, so fuhr ich los von Vallendar nach Altenkirchen, mit einer großen Vorfreude uns wieder zusehen. Mit diesem Gedanken im Kopf „Nichts ist schöner, als sich auf das zu freuen, was kommt", fuhr ich gemütlich über die Landstraße die Natur des Westerwald betrachtend. Café Wehrmann gelegen an der Hauptstraße, nicht schwer zu finden, dort haben wir uns gesehen und getroffen. Wir hatten einen Tisch mit Blick zur Straße und der Altstadt von Altenkirchen. Mina war wie letztes Mal sportlich angezogen, mit Lächeln und einem Enthusiasmus zum Mitmachen aufgelegt. Ich, auch sportlich angezogen und fröhlich mit einer Prise Humor, haben wir uns begrüßt und sofort die Kaffee Karte studiert, um ein, zum Hunger passendes Frühstück auszusuchen und bestellt. Im Café war eine Atmosphäre aus Duft nach frisch gebackenen Brötchen und frisch geröstetem Kaffee. Die Bedienung war nett und schnell und es gab eine rege Unterhaltung mit vielen Gästen. Mina war von Zeit zu Zeit mit Begrüßung beschäftigt, denn sie kannte fast jeden Gast, der ins Café rein kam. Ich war nicht verwundert, hatte aber ein komisches Gefühl, mit Neugier und Schuld oder besser gesagt ... kompromittierende Gedanken wegen Mina kamen in mir hoch. Ich fühlte mich wie ein Jungspund beim ersten Date. Sie war total entspannt und souverän, mit Humor, hatte die Lage im Griff, ohne zu „Kapitulieren". Interessant, gut und positiv sagte ich zu mir ... „Mina muss mich wohl gerne haben, um zu mir zu stehen". Das Frühstück war schmackhaft, Cappuccino und der frischgepresste Orangensaft auch ... so wurden wir satt. Danach machten wir einen Spaziergang durch die Altstadt mit weiterer reger Unterhaltung und Begrüßung der netten und freundlichen Einheimischen, die uns beide mit einem wohlwollenden Blick begutachtet haben. Ich fand es schön und gut und gleichzeitig hatte ich ein Gefühl von Freude und doch etwas bloßgestellt, als wären wir „Teenager in Love", frisch ertappt worden. Wir haben geschmunzelt und gesagt wir sind doch Erwachsene ... eine reale Feststellung und weiter spazieren und besichtigen der Altstadt. Wir sind uns ein Stück näher gekommen, im Prozess zum Kennenlernen und dabei bauen wir Vertrauen in uns auf. Der Weg von Ich zum Du und Wir ist geebnet und ohne Stolpersteine gut befahrbar. Wir hatten einen schönen

Vormittag verbracht und verabschiedeten uns mit ... „ja wir wollen uns gerne Wiedersehen".

Mina und ich verabredeten uns zum Deichspaziergang in Neuwied am Rhein für Sonntag, den 18. April. Anschließend etwas Leichtes Mediterranes beim Italiener Al Castello essen gehen. Es war unser drittes Treffen und ich wollte gerne mit Mina sprechen und hören, was sie empfindet und über uns beide denkt. Sie war etwas verspätet, entschuldigte sich und kam wie immer mit einer tollen Erscheinung, einer Mischung aus Ausstrahlung, Humor und Herzlichkeit und das alles in sportlicher „Verpackung". Na dann, so gingen wir spazieren, ein sonniger Tag, viele Menschen unterwegs, Familien mit Kindern, Pärchen und Einsame. In der Luft ein Frühlingsduft bekundet das Erwachen der Natur. Wir haben uns unterhalten, über dieses und jenes, uns von den Sonnenstrahlen küssen lassen und den Deich hin und zurück gewandert. Es ist einfach schön so in Zweisamkeit mit Freude, im Einklang mit sich und der Welt, spazieren zu gehen. Es sind Momente im Hier und Heute, die auf dem Weg zum WIR werden, nicht fehlen dürfen.

Jedoch, ich spürte auch kein Feuer in mir, gemischte undefinierbare Gefühle. Mina hatte etwas Rückenschmerzen, so legten wir eine Pause ein und tranken einen Kaffee beim Restaurant Amadeus, beim Kanuverein. Danach haben wir gegen 18:00 Uhr das Restaurant Al Castello besucht und einen schönen Tisch in einer gemütlichen Ecke vom Ober zugewiesen bekommen. Wir waren froh, denn dort konnten wir uns ungestört und in Ruhe über uns unterhalten. Wir haben beide einen Salat bestellt, da wir beide ein paar Kilo zu viel auf die Waage bringen, die wir verlieren wollen, um die Schönheit in unserem reiferen Halter zu erhöhen. Mina erzählte mir über ihre Ehe, die Scheidung und das sie Zeit braucht. Sie bat mich „nicht Drängen" ansonsten würde sie sich blockieren. Ich habe verstanden und kapiert, denn auch eine Scheidung ist eine unangenehme Erfahrung mit Schaden und Schmerzen und es braucht Zeit, um diese zu verarbeiten. Mir ist bewusst durch die

Begegnungen, was es an Arbeit bedeutet, um wieder das Selbstwertgefühl zu bekommen und überhaupt in den Alltag und Leben zurück zu kehren. Klingt nicht einfach und ist es auch nicht. Die Opfer von Scheidung brauchen im Durchschnitt Therapie und Jahre, um sich wieder zu trauen einem Partner auf Augenhöhe zu begegnen. Deshalb bin ich beim Treffen mit Mina geduldig, vorsichtig aber gleichzeitig lieb und überlasse ihr meistens das Tempo beim Voranschreiten im Kennenlernprozess. Es ist für mich eine neue Erfahrung, Bereicherung, mit Wertschätzung, denn ich werde dadurch mein Temperament drosseln und dosieren ohne es ablegen zu müssen. Was für ein Glück, sage ich mir, denn aus jeder Begegnung lernen wir nicht nur das Du gegenüber, sondern mein Ich. Das hilft uns unser WIR besser zu verstehen, um den Anderen so zu nehmen, wie er ist. Das ist das Geheimnis der Liebe, denn wir, als liebende Menschen, werden versuchen „es ist unsere Natur", den Anderen so zu formen, wie wir ihn uns wünschen.

Aber das ist nicht der Sinn der Liebe ... es ist nur egoistisch und dient keinem der Partner ... es bringt die Partnerschaft in Schwierigkeiten.

Genug zum Exkurs über die Liebe ... kehren wir zurück zum Al Castello und dem köstlichen mediterranen Salat. Wir haben herzlich gelacht, genossen und sind uns ein wenig näher gekommen. Mina hatte als Digestif Limoncello genau wie ich getrunken und war überzeugt, er ist doch gut und nicht zu stark.

Ich habe das Gefühl, eine Sympathie ist da, ob noch mehr wird, das werden wir sehen. Wir haben uns noch einmal gesehen und ist so geblieben, mit Sympathie, weiter wurde nichts.

Dieses Geheimnis und die Tatsache vom Verlieben, lässt auf sich warten. Trotzdem nicht beirren lassen, Zeit lassen, in Geduld üben und mit Humor und Freude weiter suchen.

Ich habe gelernt ... Liebe kann man nicht erzwingen und nicht finden, nur spüren und gewinnen, in dem man zugreift, wenn sie da ist. Das ist Theorie und Praxis, die jeder von uns versteht und begreift ohne große Worte und ohne Meister in Suche und in Sachen Liebe zu sein. Wobei, es sei gesagt, dass bei meiner Suche nach einer Partnerin, mir eine ausgeglichene, ruhige, gefühlsbetonte Frau mit Romantik und Zärtlichkeit wichtigere Aspekte sind, als Sexualität. Das ist die Traumfrau für mich, in meiner Vorstellung und in meinem vierten Lebensabschnitt. Mit 60 habe ich auch Träume, die allerdings anders sind, als mit 20 oder 40. Hier spielt das „Wahre Leben" und die Möglichkeit, in der Praxis wirklich einen Partner zu finden, der einfach die restlichen Jahre real mit den Ressourcen und den schon vorhandenen altersentsprechenden Wehwehchen zurecht kommen und trotzdem das Leben mit allen Facetten genießen kann, eine tragende Rolle.

Bei meiner nächsten Frauen Begegnung und den noch fremden Profilen im Internet bin ich noch nicht am Ende meiner Suche angelangt ... denn soweit kann ich Ihnen schon verraten ... SIE ist nicht die, auf die ich gewartet habe...

Delia ... eine feschen Westerwälderin

Es ist schon Mai ... bin immer noch unterwegs im Internet und dort fiel mir eine fesche Westerwälderin ins Auge. Ich schickte eine Mail mit der Einladung uns kennen zu lernen. Sie antwortete auch begeistert und hatte den gleichen Wunsch. Wir tauschten unsere Telefonnummern und schon war ich mit Delia am telefonieren. Ihre Stimme klang freundlich, herzlich und aufgeregt, und wir haben uns spontan für heute im Eiscafé in Höhr-Grenzhausen draußen auf der sonnigen Terrasse verabredet. Der Tag mit strahlender Sonne ... ca.20 Grad ... ein Hauch und Wärme von Frühling ist da und eine Menge Sonnenanbeter sitzen schon draußen und genießen einen Cappuccino oder Eis. Als ich ankam, saß sie, Delia, gemütlich da und hatte schon Cappuccino bestellt.

Ihre Erscheinung mit kurzem dunkelbraunem Haar, Sonnenbrille, sportlich angezogen ... mit einer Ausstrahlung und Lächeln ... hat sie mich freundlich begrüßt. Ich habe sie auch freundlich begrüßt und entdeckte einen Tisch weiter meine Nachbarn sitzen. Die Überraschung war mir etwas unangenehm und ich fand mich dadurch in meiner Freude etwas gehandicapt oder gehemmt. Ich bestellte mir auch einen Cappuccino und es begann ein tolles Gespräch mit Delia ... wobei meine Freude der Nachbarn wegen etwas getrübt war. Ich fühlte mich beobachtet und gleichzeitig wie auf frischer Tat ertappt.

Delia ist offen und kein Kind der Traurigkeit ... sie ist ziemlich sexy und sie erzählte mir in Kürze ihre Geschichte und die Hintergründe, warum sie relativ viel Zeit hat und schon in Rente ist. Ich habe über mein Leben berichtet und einige Abenteuer geschildert und dann bat ich sie mit mir ein wenig spazieren zu gehen. Sie war froh, dass ich das gefragt habe, so als hätte sie es auch gewollt und geahnt. Beim Spazierengehen betrachtete ich Delia näher ... bemerkte ihre ganze Art ... eine fesche Frau und dazu herzlich und freundlich ... eine sehr angenehme Person.

Ja sie ist nah ... sehr nah an meine Vorstellung von einer Partnerin und dazu, was für ein Glück, wohnte sie nur 12 Kilometer von mir entfernt. Mit diesem Gedanken und einem angenehmen Spaziergang durch die Stadt, kamen wir zurück zu unseren geparkten Autos. Sie fährt einen weißen knuffigen A1, der wirklich zu ihrer Person passt. Da haben wir uns verabschiedet und sie würde mir aus Berlin doch eine WhatsApp schreiben, denn sie fährt morgen mit 2 Mädels ca. 1 Woche in die Hauptstadt.

Na da bin ich gespannt, was aus dieser Begegnung wird!? ... dabei habe ich das Gefühl, dass wir uns zumindest gegenseitig mögen und Potenzial dahinter steckt. Zwei Tage nach unserem Treffen folgt aus Berlin Nachricht und Antwort mit der Verabredung, dass wir Mittwoch telefonieren und uns somit wiedersehen um uns näher kennenzulernen. Was für ein Glück habe ich gedacht, sie hat mir nicht abgesagt und genau so hatte Delia von mir auch gedacht.

Also hier ist die gute Hoffnung auf ein Wiedersehen mit Happyend hoch im Kurs. Freitag den 13ten ... was für ein Omen ... bin nicht abergläubisch, gestaltet sich für mich ein interessanter Tag:

Zuerst hatte ich auf dem Finanzamt was abzugeben, denn bei der Steuererklärung hatte ich ein Formular vergessen ... mit dem Auto in die Waschanlage ... dann Marianne, meine „alte" gute Freundin abholen und dann um 11 Uhr der Beerdigung von Doktor S. in Vallendar beiwohnen. Doktor S. war ein guter netter und origineller Anästhesist und Oberarzt, den ich und Kollegen von früher gut kannten und mit dem wir über die Jahre weiter Kontakt hielten. Nach dem Leichenschmaus und reger Unterhaltung über Erinnerungen mit dem verstorben Doc, fuhr ich Richtung Ransbach-Baumbach Delia abholen. Wie erwartet kam sie pünktlich. Herzliche Begrüßung mit Umarmung und Wangenkuss.

Ich habe das Gefühl, sie ist es, die alles vereint, worüber ich geschrieben und worauf ich gewartet habe. Sie ist bescheiden ... gemeint, wie das Wort aus dem Lateinischen und ein Begriff aus dem Mittelalter für „prudentia sapientia scientia discretio "

Übersetzt: „Klugheit Weisheit Wissen Diskretion" ... also eine Person die aus Lebenserfahrung handelt und entscheidet. Sie hat Humor, ist offen und mit viel Harmonie das Leben bejahend.

Was für eine Überraschung ... umwerfend, sie zieht mich in ihren Bann wie der Honig die Biene ... Wahnsinn.

Später erzählte sie mir, dass ich ein interessanter Mann sei ... sie sich von mir genauso angezogen fühlt und sich freut mich kennenzulernen. Dann fuhren wir nach Neuwied zum sonnigen Spazieren und weiterem Vertiefen unserer Gespräche, die verraten, wie wir sind und was wir wollen ... als Partner mit 60.

Beim Spaziergang begann die Romantik mit der Berührung unserer Hände und als Bindungsbeweis ... „Ich will mit dem Du gehen" ... hat sie das zugelassen. Es ist die tolle Art, dem „Du" zu zeigen wie sehr man es mag, denn für viele ist das intimer, als es aussieht. Und so gingen wir eine Weile am Deich entlang ... redend mit tiefen Blicken in die Augen ... lächelnd und irgendwann bekam ich einen zarten Wangenkuss von Delia. Das war die Steigerung der Berührung ohne Angst sich zu verlieren. Ich umarmte und zog sie zu mir und da legte Delia ganz zart den Kopf an meine Brust einige Sekunden. Das war die Antwort sich bewusst fallen zu lassen, vertrauen und vielleicht verliebt im „Du" sich umarmend haltend. So stelle ich mir Romantik pur vor ... zauberhaft und idyllisch, so wie eben die Romantiker sind. Zum Einen die Sehnsucht nach der großen und wahren Liebe und zum Anderen die Sehnsucht nach der eigenen Freiheit tun und lassen zu können, was man möchte. Lesen und hören wir heute Werke aus der Zeit der „Romantik", dann empfinden wir sie meist als kitschig. Aber ich sage Euch, im Hier und Heute ... täglich ist jeder von uns ein wenig Romantiker. Denn wer freut sich denn nicht, wenn nach einem langen Arbeitstag der Geliebte oder Ehepartner mit ein paar Rosen vor der Tür steht und einem sagt, dass man wunderschön ist ... oder die Angebetete bei sich zu Hause eine Massage vorbereitet und ein paar Kerzen aufgestellt hat. Dies sind die schönen Momente, die uns den Alltag vergessen lassen und die Beziehung pflegen und festigen.

Später gingen Delia und ich ins Restaurant „Al Castello" zum Abendessen, genossen mediterrane Speisen mit dezenter leiser Hintergrundmusik. Das Restaurant war voller lärmender Menschen, doch wir bekamen vom Ober eine schöne Nische ... „Separee" angeboten, wo wir unsere Konversation ohne Störung mit Freude fortführen konnten. Ich sage bewusst „Konversation" und nicht „Smalltalk", denn diese hat Emotionen und Manieren, sowie sie damals im 17. Jahrhundert in Frankreich entstand und später vom ganzen Abendland übernommen wurde, zu tun.

Vertrautheit, Achtung, Respekt ... wir sind auf dem Weg unseres Lebens ... wir gehen dem Leben und der Liebe nicht aus dem Weg ... jeder Einzelne von uns beiden ist einmalig und unverwechselbar.

Delia bleib Dir treu, gerade Dich brauche und mag ich, weil Du so bist wie Du bist. Dann bis bald.

Wir telefonierten und nach dem Gedankenaustausch über unser gegenwärtiges sich angezogen fühlen und vertraut sein, verabredeten wir uns zu einem Sonntagsausflug nach Limburg an der Lahn. Delia und ich hatten von Anfang an das bekannte Gefühl uns seit Langem zu kennen ... die Bedeutung: waren wir uns bereits in einem früheren Leben begegnet? oder sind wir auf einer gleichen Wellenlänge? Ja ich glaube, die gleiche Wellenlänge dürfte stimmen, denn wir haben viele Gemeinsamkeiten entdeckt und mit Erstaunen festgestellt. Diese sind sicher die Basis und Dreh- und Angelpunkt in unserer und anderen Beziehungen. So versuchen es auch die Singleportale mit Psychologie und den sogenannten „Matching-

Points". Man erhält eine Mail mit passenden Partnervorschlägen mit einer hohen Zahl an Matching-Points.

Ist gut ... interessant ... irgendwann klappt es auch, wenn Geduld und Ausdauer dich beseelt ... du die Suche weiterführst, um dem „richtigen Partner" zu begegnen. Also ... nicht aufgeben ... es sind genug Partner in der Warteschlange. Diese wird nicht kleiner, wenn sich auch von Zeit zu Zeit einigen User verlieben ... nicht nur in der Statistik sondern auch in der Realität.

Der Ausflug brachte uns Erstaunen über die schöne Altstadt in Limburg. Der imposante Dom, der Prunk Palast des, aus den Medien bekannten, Bischofs und die Sonne mit fast sommerlicher Temperatur hatte uns mit Freude auf mehr Leben eingestimmt. Im Austausch haben wir uns unsere Gedanken und Interessen sowie unsere Alltagsgeschichten erzählt. Es war Harmonie und Freude pur und Leben und Beobachten der anderen Menschen, die unterwegs waren, hat uns auch Spaß gemacht. Herrlich und angenehm war auch draußen zu sitzen und die Pizza, begleitet mit einem Glas Montepulciano, zu genießen. Ich genoss auch das Spazieren in Zweisamkeit ... Hand in Hand ... unbeschwert wie Teenager ... ließ den Wunsch und Sehnsucht nach MEHR in mir keimen. Meine Gedanken wurden nicht klar über die Anziehung ... ist das nur Sympathie oder mehr ... es war etwas da ... aber ich spürte auch, etwas stört. So richtig konnte ich es wieder nicht einordnen. Warten wir es ab.

Zum dritten Treffen mit Delia verabredeten wir uns in Koblenz an der Promenade des Rheinufers. Spazieren und später Pizza bei Massimo in Pfaffendorf essen gehen. Delia kam wie immer pünktlich und so fuhren wir mit meinem Wagen nach Koblenz. Ein sonniger Tag, viele Menschen unterwegs, manche auf der Rheinwiese liegend oder sitzend, dabei vertieft im Lesen oder einfach Sonne tanken. Es lag Harmonie, Freude und ein Blumenduft in der Luft ... zu riechen und zu spüren. Hand in Hand ... mal gehend ... mal verweilend und zwischendurch auf eine Pause ... einfach da sitzend, die Leute und die Natur beobachten. Das zu zweit zu erleben hat eine besser aufwertende und aufbauende Erholung für Geist und Körper. Beide haben wir das so empfunden und gleichzeitig genossen, dass uns dabei ein Glücksgefühl von oben bis unten berieselte, wie Schneeflocken an einem tollen Wintertag.

Die Unterhaltung über uns war heute ein Thema, das uns natürlich beschäftigt: Selbstkenntnis mit Stärke und Schwächen

Da wir sehr offen sind und keinen Smalltalk wollen, entwickelte sich die Konversation sachlich ... leicht ... etwas förmlich aber gesellig. Zunächst kamen, was uns beide bis dato aufgefallen war, unsere stärksten Eigenschaften zur Sprache. Da haben wir beide bejahend zu gestimmt ... manche hier und da mit Freude, Leichtigkeit und Respekt ergänzt oder korrigiert. Später kamen die Schwächen oder Macken zur Sprache und ich merkte, dass ich von meiner Seite innerlich etwas empfindlich betroffen war. Ich bewahrte aber meine innere Fassung. Ich sagte zu Delia, ich bin nicht böse, dass Du dieses gesagt hast. Doch in mir drin verspürte ich ein mulmiges Gefühl mit einer nicht definierbaren Emotion.

Ich kenne mich gut, weiß, das meine „Schwäche" mein Temperament und manchmal meine Ungeduld Teil meiner Person sind und sicher nicht immer angenehm.

Dann, einige Minuten später, kam die Offenbarung von Delia ... „Leonardo ich weiß nicht, ob ich das schaffe mit Dir umzugehen, du bist temperamentvoll und manchmal ungeduldig". Ich antworte ... „ich bin so und bin bis jetzt gut zurechtgekommen ... wer mich kennt und das sind viele, haben mit meinen Charakterzügen keine Probleme ... sie können mich gut leiden".

Sie hatte, um mir die Absage zu erteilen ... das zu sagen und zu begründen ... dieses ganze Palaver inszeniert ... es ist nicht zu fassen.

Ich versprach darüber nachzudenken und wir werden uns darüber noch mal unterhalten. Delia hat ein sehr ruhiges Wesen mit sehr großem Harmoniebedürfnis ... nur kein Muckser ... Nichts sollte stören. Vorgeschichte „Geschieden" ... der Mann „Alkoholiker" ... „Co-Abhängigkeit". Sie erzählte mir, dass sie sehr lange gebraucht hatte ... 4 Jahre Therapie nach der Scheidung und Alkoholentzug waren wohl für sie ein langer und beschwerlicher Weg ... viel Arbeit der Psychologen mit Verhaltens-Therapie. Sie ist so ruhig und harmoniebedürftig ... beinah akribisch, was mich unruhig stimmte. Die Stimmung war etwas getrübt ... wir beendeten das Abendessen in der Pizzeria ... verabschiedeten uns mit „wir telefonieren" ... Ciao und Gute Nacht.

Am Tag danach, beim Anruf, Delia sagte zu mir ... „Leonardo ich schaffe es nicht mit deinem Temperament umzugehen ... du wirst jemand finden, der das kann ... mach`s gut ... Ciao"

Ich antwortete ... „Danke für die Offenheit ... auch alles Gute bei der weiteren Suche ... Ciao"

Ja so ist das ... Delia hat sich und mich aufgegeben. Vermutlich zu ihrem eigenen Schutz, denn sie hat ein erfülltes Leben und Angst, sie würde dieses, beim Wagnis mit mir eine Beziehung einzugehen, verlieren. Es ist in der Tat eine echte primäre Verlustangst, wo es gar nicht erst angefangen hat. Dieses Wagnis ist für Delia zu gefährlich und bringt in der Erinnerung die negativ erlebte Beziehung wieder hervor. Die meisten geschieden Frau haben so was, es ist nicht negativ zu bewerten. Diese Beziehung wäre unter dieser Voraussetzung sicher von vornherein gescheitert. Tief in meinem Inneren sagte eine Stimme ... „Vorsicht, jedoch nicht aufgeben ... weiter suchen ... meine vielen Begegnungen bestätigen dies, von mir als „die Geschiedenen Regel" bezeichnet.

Jedoch ich hoffe, so wie in der Grammatik, als auch hier, gibt es Ausnahmen ... mit Happy End.

Date mit einer Koblenzerin

Seit einer Woche habe ich ein Profil über Lola.62 Jahre, im friendscout24 gelesen, und es hat mich neugierig gemacht und teilweise beeindruckt. Es macht mir Freude, jemanden kennenzulernen, der das Lob Gottes durch Singen im Gospel Chor vollbringt. Worauf ich sie angeschrieben habe und bat um Kontakt zum Kennenlernen. Laut Profil schon im Ruhestand, Hobby Tanzen und Gospel singen im evangelischen Kirchenchor. Oh Gott dachte ich, fast vorwurfsvoll, das ist was Frommes ... mal sehen was es wird. Sie antwortete und wollte auch mich kennenlernen. Sie wäre auch auf mich genauso neugierig und fand mich interessant. Wir verabredeten uns für einen Samstag in der Stadt, direkt im Café Wehrmann. Ohne Erkennungszeichen, ich kannte sie ja von dem Foto auf der Webseite. Mich erkennt man auch gut an meinem Musketier ähnlichen Bart sowie stattlicher Statur und Figur. Frau Lola und ich erschienen gleichzeitig präzise, wie eine Schweizer Uhr. Wir begrüßten uns, nahmen Platz und bestellten Cappuccino und Kuchen. Sie kam mir etwas älter als auf dem Foto vor ... oder hatte eine andere Friseur ... oder andere Haarfarbe. Es fällt mir immer etwas schwer so etwas bei Frauen zu erraten und hat mich etwas zum Schmunzeln gebracht. Sie fand, dass ich meinem Foto sehr ähnlich sei und sogar in natura etwas besser und jünger aussehen würde. Wow, das hat gesessen ... zwei tolle Komplimente auf einmal. Sie war klein aber eine hübsche Person, etwas kompakte Figur, Frisur a la Mireille Mathieu, nur hellblond fast Goldfarben. Ich habe auch Komplimentiert mit ... „du siehst gut aus, schön, dass wir uns begegnen".

Unsere Unterhaltung erstreckte sich über eine Zusammenfassung meines Lebens ... dass ich Witwer bin und welches sehr bewegte Leben ich im Dienst der Marine, der Kirche und der Gesundheit geführt habe. Ich erwähnte auch, dass ich eine Partnerin suche, die mich durch meinen jetzigen Lebensabschnitt begleitet und die mich lieb hat. Lola erzählte, sie sei wegen einem Rückenleiden schon im Ruhestand, käme mit der Rente gerade so zu recht. Dann und wann ginge sie ihrem Hobby Tanzen nach und singe im Gospelchor der evangelischen Kirche. Sie schaute mich ernst an und fügte hinzu ... „brauchst keine Angst zu haben, ich bin katholisch, aber keine Kirchgängerin". Ihre Leidenschaft ist Gospel zu singen und das fand sie in der evangelischen Kirche.

Ich beruhigte sie auch, ich bin ein Christ, katholisch, jedoch auch kaum Kirchgänger.

Und so ging die Konversation weiter ... Cappuccino und leckerem Kuchen. Wir fanden uns sympathisch und es war ein Wohlergehen ... aber mehr auch nicht.

Von meiner Seite fand ich an dieser Frau keinen großen Liebreiz und fühlte keine Anziehung ... zum Ersten Mal so ein schnelles Urteil Leonardo? Dabei war ich selbst von meinem Gefühl und Gedanken überrascht. Ich war von Lolas Bescheidenheit und schönem Hobby nicht so überzeugt ... oder steckt noch was anderes dahinter? Nach dem Cafebesuch spazierten wir noch eine Weile durch die Altstadt und verabredeten uns zu einem weiteren Treffen. Als ich zu hause war überlegte ich und wusste Bescheid ... ich bin einfach nicht direkt interessiert! Lola hatte mich nicht innerlich berührt, und gab mir keinen direkten Grund, sie wieder zu treffen. Dann hatte ich gelogen ... oder besser gesagt ... mir eine Tür noch offen gelassen ... weshalb noch mal der Wunsch, sie zu treffen? Wofür eigentlich eine Tür offen lassen?

Bin ich denn nicht mehr Herr meiner Gefühle ... sie zu deuten ... wollte ich einfach nur ausprobieren ... ausgehen mit einer Frau, die du nicht magst? Die Antwort liegt meisten zwischen zwei Wahrheiten: Testen, was passiert mit oder ohne Gefühle und einfach ein Abenteuer. Oder treibt mich die Hoffnung, es wird mit der Zeit was werden.

Nun, als wir am Tag danach telefonierten, empfand ich Erleichterung ... wir haben das Gleiche gedacht und mit Courage uns gegenseitig auch die Wahrheit gesagt. Wir empfinden nichts außer Sympathie füreinander und das ist zu wenig für eine neue Beziehung aufzubauen. Wir haben alles Gute und Glück bei der weiteren Suche gewünscht und uns mit einem „Auf Wiedersehen" verabschiedet.

Gott sei Dank ... was für eine Übereinstimmung ... ohne Zwischenfall, mit Mut und Courage regelte sich dieses einmalige Treffen mit Sachlichkeit, Vernunft und Bravur. Ich lobte mich innerlich und Lola auch ... wir waren beide ehrlich und offen, und das ist gut so. Denn das ist, was ich in meinem Profil geschrieben und gepriesen habe ... Ehrlichkeit und dazu stehen.

Es kommt aus meiner langen Erfahrung und teilweise auch aus meinem sozialen Beruf. Vertrauen ... Ehrlichkeit ... Kommunikation, das sind für mich die Basis ... nicht nur für eine gute Partnerschaft, sondern auch in der menschlichen Interaktion.

Auf zur nächsten Begegnung ... die 14. oder 15. und ich merkte auf einmal eine schleichende Müdigkeit, die in mir aufstieg. Es zeigten sich die ersten Symptome von Stress beim Suchen und Finden.

Ein Glück ... meine Motivation ... die Kraft ... die Sehnsucht nach Zweisamkeit und Zuneigung hält bei mir noch an.

„Ich habe es so satt, immer überall allein hinzugehen. Mittlerweile mag ich mein Single-Leben klar, es hat auch Vorteile und ich habe mich auch daran gewöhnt. Doch der Wunsch in mir, nochmal einem Menschen zu begegnen und eine Partnerin zu finden, ist größer denn je.

Freudige Begegnung mit einer schon bekannten „netten feinen Dame"

Wieder unterwegs im Internet, auf der Suche nach einer potenziellen netten Person mit interessantem Profil. Da entdeckte ich Anna! Foto gesehen ... Profil gelesen und schon bekam ich dabei ein inneres Bedürfnis ... ohne direkte Gründe ... sie sofort anzuschreiben. Ich bitte sie, das Wagnis des Kennenlernens einzugehen. Das Bild, die Gesichtskonturen, die langen dunkelbraunen Haare, das Lächeln ... es kam mir vor, als hätte ich ein De ja-vu! Ich konnte es nur nicht so richtig einordnen, trotz intensiven Nachdenkens und überlegen ... ich wurde nicht schlau. Wer ist diese Frau, die mich anzieht und anlächelt und quasi zum Begegnen einlädt? Wir schrieben uns Mails ... tauschten schöne Gedanken aus ... und auch unsere Telefon Nummern, um eine bessere kommunikative Ebene zu ermöglichen. Und siehe da, als ich den Anruf auf meinem Handy bekam lüftete sich das Geheimnis der schon bekannten netten feinen Dame ... mit dem Gefühl der Erleuchtung und Erleichterung. Sie ist es, Anna eine Arbeitskollegin, die vor circa zwei Jahren für eine kurze Zeit in der Pflege ausgeholfen hat. Eine „nette feine Dame" ... so mein erster Eindruck. Allerdings nach ihrem damaligen Genesungsprozess wirkte sie auf uns, als wäre sie noch gebrechlich. Der Begriff „Dame", so wie ich ihn verstehe und laut Duden bedeutet: gebildete, kultivierte, gepflegte Frau, der im heutigen Sprachgebrauch allerdings wenig vor kommt.

Es ist verrückt, du siehst und triffst jemand wie Anna und plötzlich ist es schön ... alles ändert sich. Mein Freund mit Namen „Zufall" ist wieder im Spiel. So was, je nach Glaube oder Weltanschauung, nennt sich auch Schicksal ... Vorsehung oder Fügung. Also steht fest, wir kennen uns, wir wissen, wie wir aussehen und den ersten Eindruck haben wir hinter uns. Wir sind beide positiv und haben uns gegenseitig wohlwollend mit Empathie aufgenommen. Empathie setzt immer die Selbstkenntnis oder Selbstwahrnehmung, nach meinen Worten

„Selbstliebe" voraus. Das ist absolut der erste Schritt in Richtung der Begegnung und Kennenlernen des möglichen Partners.

Es ist einfach erklärt: wenn ich mich verstehe, dann kann ich das „Du" gegenüber auch verstehen und mich hineinversetzen und somit Emotion und Gefühl spüren. Das ist die Königsdisziplin in der Kommunikation auf hohem Niveau. Doch davor müssen beide die Antenne ausfahren zum Senden und Empfangen. Diese Königsdisziplin ist auch von Jesus indirekt nah gelegt und gepredigt. Es betrifft bei der Begegnung durch Nächstenliebe die Not und Bedürfnisse des Gegenüber zu verstehen in der „Seelsorge". Das Ergebnis für Christen oder auch anders Gläubige ist das Gleiche: Menschliche Nähe in der Sorge oder Liebe ... sich selbst annehmen ... den anderen annehmen. Natürlich klingen Worte ... Begriffe ... Deutung kompliziert, aber in der Realität läuft täglich alles ganz einfach ... quasi automatisch und wir merken nicht viel davon. Es sei denn, wir sind dem Gegenüber negativ und mit Vorurteilen behaftet. Wir spüren Glück, Freude, Harmonie und manchmal beim negativen Empfang ... Disharmonie. Hier kommt das Fingerspitzengefühl für meine und die Wünsche anderer ... immer parat zu haben, damit der Umgang human unter Homo Sapiens bleibt. Die negative Folge ... „Bestie Homo Sapiens" animalisch aushärten, dadurch kommen die bekannten „Kollateral Schäden", siehe Gewalt, Scheidung, Delikte.... Hier kommt mir ein Spruch aus der Erfahrung und Weisheit meiner Vorfahren, den Römern, in den Sinn ... „Omnia causa fiunt" auf deutsch ... „alles geschieht aus einem bestimmten Grund". Philosophisch und praktisch gut, und dies bestätigt meistens unsere Schritte im Leben, die wir nicht sofort verstehen.

Zurück zu Anna ... wir haben uns verabredet, und ich habe sie zum Italiener zu mediterranem Salat und Rotwein eingeladen ... Essen in einem schönen Ambiente und vorher habe ich sie zu Hause abgeholt. Das Wiedersehen hat uns Freude mit Umarmung und Ausstrahlung beschert. Anna hat mir das

Elternhaus gezeigt und mich ihrem betagten aber noch rüstigen Vater vorgestellt.

Annas Erscheinung ... lange dunkelbraune Haare, attraktiv selbstbewusst, feminin, schlank, lächelnd mit einer Aura, die mich in ihren Bann zieht. Wow, was für eine Frau ... mein erster Gedanke, der zweite ... hoffentlich werden wir uns verstehen? Vertrauen? ... ich glaube ja, es hat zumindest den Anschein.

Ein sonniger strahlender Tag ... in die Abendstunde hinein spazieren macht Spaß und 15 Minuten später erreichten wir das italienische Restaurant. Wir nahmen draußen Platz, um dieses schöne Wetter bei köstlichen Speisen auch genießen zu dürfen. In diesen Stunden entwickelte sich zwischen uns eine Unterhaltung und Feststellung: wir liegen auf einer Wellenlänge und haben eine gemeinsame Basis von Verstehen und Vertrauen aufgebaut. Dabei verspürte ich, welche Person mir gegenüber ... nein, besser gesagt ... neben mir saß und welcher Liga sie angehört. Eine überaus gebildete, kultivierte und gepflegte Frau, mit einem Sinn für Humor und eine Bandbreite von tiefen spirituellen Kenntnissen. Sie hatte aus ihrer Erzählung gelernt ... gelesen und Erfahrung in meditativer Praxis und somit ist sie eingetaucht in die Welt des Fernen Ostens. Sie hat in ihrer Freizeit das Hobby Sport und „Südländische Lebensart" vereint, sie ist leidenschaftliche Salsa Tänzerin. Aber das ist nicht Alles ... sie ist ausgebildet, beherrscht und praktiziert verschiedene Massage- und Entspannungstechniken: Hawaiinische Tempelmassage, Hot-Stone Massage, Nuad-Tradizionelle ThaiMassage, Seidenhandschuh- und Bürstenmassage, Schiatsu, Phonophorese-Schwingungstherapie.

Ich als ausgebildeter Theologe und früherer Geistliche konnte nur staunen und komplimentieren ... sie hat mich überrascht und verblüfft. Ich war teilweise sprachlos, und vor mir entwickelte sich immer mehr ein Bild von Frauen Power. Anna hat das Leben so gemeistert ... gegen alle Widrigkeiten und mit einem reinen Herz und Authentizität ... sie steht heute ihre Frau. Sie musste ihr Herz, das schwer von häuslicher Gewalt, von Erniedrigungen und anderen negativen Erfahrungen belastet war, bearbeiten und befreien, um wieder normal gestärkt zurück ins Leben zu finden ... um zu leben.

Die gemeinsamen Schwingungen ... Wir waren ein Herz und eine Seele und beide spürten wir diese in jeder Faser unser Körper.

Anna schrieb mir in der Nacht vor dem Schlafengehen ein „Dankeschön", wo alles, was geschah, in wenigen Sätzen beschrieben ist.

WhatsApp Zitat: „Danke. Der Abend war so gefüllt und reich an Sympathie, Verstehen, gemeinsamer Schwingung und Vertrauen ... man konnte es spüren mit jeder Faser. Eine wundervolle Begegnung mit dir. Du bist ein sehr warmherziger, positiver, interessanter und intelligenter Mann. Buonanotte

...,,meine Antwort: „Dankeschön Anna, ich bin auch so glücklich und spüre das Gleiche wie du. Buonanotte".

Gute Nacht ist leichter gesagt, als getan ... ich sprudelte noch vor Freude ... die gerade erlebten Stunden liefen vor meinen Augen wie ein Film ab, dessen Akteure, Produzent und Zuschauer gleichzeitig ... wechselten die Rolle ohne aus der Rolle zu fallen. Was für eine Szene! Darstellung und Gefühle eine einzige Begegnung mit Wohlwollen Intensität und begleitet von einem nicht passenden Unterton ... Musik aus den unsichtbaren Lautsprechern. Aus Freude und etwas Langweile zappte ich mit der Fernbedienung hin und her zwischen den unzähligen Kanälen. Wo immer die furchtbare lustige immer wiederkehrende Werbung dazwischen funkte, bis ich endlich einen Hauch Müdigkeit in mir verspürte. Es war schon 1 Uhr ... nicht schlimm ... bin fast frisch in den Ruhestand und brauche nicht mehr früh aufstehen. Kein Wecker muss gestellt werden ... also „Leonardo, keine Eile in der Weile, entspann dich und gute Nacht". Die Gedanken ... das Erlebte noch in mir ... ich verweilte in einem Dämmerzustand ... ähnlich Meditation, wo Realität und Traum zusammen vorkommen. Zumindest in meiner Erinnerung bis ich eingeschlafen bin. Ich schlief ca. 6 Stunden, etwas unruhig, die Verarbeitungsmaschinerie meines Unterbewusstseins war fleißig und effektiv. Ich wachte auf mit den gleichen Gedanken und Bildern, wie vor dem Einschlafen. Einziger Unterschied ... mir wurde klar und so war der Gedanke und die Erkenntnis „oh Gott, es ist schön, Anna hat Anmut ... ist mir sehr nah, und ich fühle mich zu ihr hingezogen". Mit Freude und Begeisterung ... hoch motiviert, um 7 Uhr, habe ich die Sportklamotten angezogen und bin 45 Minuten gewalked, damit mal endlich meine Figur und Gesundheit besser wird.

Ist das möglich? Auf einmal sehe ich die Welt anders ... alles scheint im „Grünen Bereich". Ich bin motiviert, habe den Schweinehund, der mich manchmal stoppt und innerlich „Nein" sagt, um ein „Ja" zu bejahen, überwunden. So eine Begegnung und Gefühl haben mich positiv bestärkt und ich habe Hoffnung. Ja ... auch mit 60 sind Gefühle da! Wir müssen sie nur entdecken ...ihnen Raum geben sich zu entfalten.

... Na dann weiter so Leonardo, ich liebe diese Frau, nein, halt io ti adoro, wie die freie Übersetzung aus dem Italienischen sagt: lieben, das jedes normale Maß übersteigt, Begehren mit intensivem Verlangen(sehnen) ...

„Ich liebe dich über alles, Du bist für mich das Wichtigste. Was für eine Erkenntnis" ... Ein Herz und Eine Seele.

In der Tat, mir ist eine Tür zu Anna und umgekehrt auch ... geöffnet ... der Zutritt das Vertrauen zum anderen, der mich versteht. Ja, es ist tiefe Verbundenheit. Wahre Freundschaft. Aus dieser Begegnung wird sicher eine gut Beziehung mit Tiefgang und sicher allerlei Erlebnissen.

Wobei, könnte auch mehr werden ... mal sehen wie sich das Ganze so entwickelt.

Musik - Flamenco - Magie der „Noche Espagnola"

Als meine nette und gute Freundin Jutta anrief und sagte ... Leonardo, ich habe 2 Karten für eine „Noche Espagnola", Flamenco und Tanz im Dialog, gehst du mit? Spontan sagte ich Ja dazu, denn ich möchte wieder langsam aber sicher an Kultur und überhaupt an Gesellschaftsereignissen teilnehmen. Mit dem Einsiedlerdasein muss jetzt Schluss sein. Jutta kennt mich und meine Spanischkenntnisse, und da ich Südamerika und Spanien von frühreren Dienstreisen noch gut in Erinnerung habe, kann ich eintauchen in die Welt, in der die Leidenschaft besungen, getanzt und rezitiert wird, mit expressiver Form zu erkennen und zu spüren an der Anmut und dem Feuer der Flamenco Tänzerin. Also sagte ich zu mir ... „Leonardo lass dich überraschen von Spaniens Leidenschaft und Lyrik und der Musik eines virtuosen Künstlers, in einer alten Abteikirche, ich werde dann abtauchen und genießen".

Und dann meine Begleitung, Jutta, in einem türkisfarbenen luftigen Abendkleid mit Spaghettiträgern, mit einer Hochsteckfrisur, wie sie Ballerinas tragen und eine schwarze Lack-Tasche. Ich war beeindruckt, sie hatte sich wirklich schick gemacht. Ich sportlich elegant mit schwarzer Hose und hellbeigem Polohemd, irgendwie passende für diese Abendveranstaltung.

Es war ziemlich warm an diesem Abend, etwa 34 Grad. In der Kirche der Abtei Rommersdorf, die alten bis zu einem Meter dicke Mauern hat, war es angenehm kühl und so konnten wir einen fast kühlen Körper und Kopf beim Zuhören behalten. Die meisten Zuhörer, Musikliebhaber der Szene, waren wie in Trance und sind so mitgegangen und involviert gewesen, dass der Rhythmus mit Füssen und Händen im Takt an unseren Sitzen zu spüren war. Ich wurde dabei auch innerlich visuell beschenkt, denn ich hatte ehrwürdige Steine vor mir, die mir so bildlich eine Geschichte erzählt haben. Ich sah Mönche singend bei der gregorianischen Vesper, danach tauchten Ritter auf der Suche nach dem Heiligen Graal auf und dann die Inquisition mit einem brennenden schreienden Ketzer... vielleicht ich … in der Projektion, und plötzlich war ich wieder in der Gegenwart. Die „Noche Espagnola" und ich sah die anmutige feurige andalusische Tänzerin. Sie hatte uns verzaubert mit ihrem Tanz, dem Flamenco und erzählte durch ihn vom Charakter, dem Temperament und der Lebenseinstellung der Menschen aus dem Süden Spaniens. Flamenco ist Gesang ,Gitarre und Tanz, ein Wechselspiel und wird durch den Klang der speziellen Schuhe im Rhythmus mit der Gitarre betont. Die Tanzkleidung mit besonderem Schnitt und Aussehen, widerspiegelt eine Tradition und Mischung der Kulturen, die in Spanien ansässig waren. Mir wurde klar, Flamenco ist kein schwebender Tanz nach oben in die Luft ... nein ... das ist ein „Erdverbundener Tanz", in dem Ästhetik aus Armen, Händen und Füssen und der Blickrichtung ihren Ausdruck findet. In der Pause begab ich mich mit Jutta in einen Gedankenaustausch. Sie strahlte begeistert und war hingerissen von den Künstlern, die sie auch persönlich kennt. Atemberaubend und die Sinne betörende Darbietung, das ist die Magie, so haben wir es empfunden. Das Publikum und wir haben die Künstler mit Applaus reich beschenkt.

Die Lesung der Lyrik war je nach Autor schwer verdaulich oder leicht, jedoch wurde der Sinn und manchmal Unsinn der Poesie, die Liebe und der Hass, die Leidenschaft, sowie Werden und Vergehen erfolgreich ausgedrückt. Da staunte ich nicht schlecht und habe innerlich gedacht ... „oh verdammt, schon wieder über Leidenschaft, Liebe und Tod, aber so ist das Leben" ... und für einen kurzen Moment verweilte ich in einer anderen Ebene, außerhalb der dicken Mauern, oben, da wo vieles passiert zwischen Himmel und Erde. Und dabei glaubte ich wieder für kurze Zeit, Gisela, meine verstorbene Frau, lächelnd und gütig auf mich herab sehend und sagend ... „Leonardo, mach weiter so, lebe wohl gute Reise" ... „Ja danke Gisela, mach´s gut".

Das Leben ist eine Reise mit Anfang und Ende ... so lautet die Botschaft ... aber der Weg ist das Ziel.

Aber was für ein Ziel?

Plötzlich wurde ich durch feurigen und freudigen Applaus aus meiner Gedankenwelt zurück in die Gegenwart geholt. Ja, auch Jutta neben mir, mit strahlendem Gesicht sagte ... „Leonardo, der spielt Gitarre wie Gott" ... „Ja Jutta, stimmt"! So kam das Ende der Magie der „Noche Espagnola". Das Publikum war Feuer und Flamme, hitzig das Wetter und hitzig die Musik, eine gelungene tolle Darbietung, gefolgt von einem langen herzlichen Applaus.

Das war meine erste Teilname an Kultur, an Musik hören und nett begleitet von einer Kollegin und Freundin. Die Premiere nach dem Ableben von meiner Gisela.

„Hut ab Leonardo, die Reise beginnt, der Ruhestand kommt"

Oktober 2015 - Begegnung mit Karin am Stammtisch

Anfang Oktober, zurück aus meinem Italienurlaub mit schönen Erinnerungen ... doch ohne wirkliche Erholung und einer Sehnsucht nach Zweisamkeit. Erst wenige Tage zuhause, schon kribbelt es in mir. Im Nu surfe ich im Internet ... nichts Bestimmtes ... nur so als Info über Gesundheitskurse der Volkshochschule Koblenz. Vielleicht wäre es an der Zeit doch mal mehr Bewegung in mein Leben zu bringen. Ich meine in jeder Hinsicht. Ein Yoga Kurs würde mir sicher helfen die Gelenkigkeit und Dehnfähigkeit zu erhalten. Es ist eine Begegnung mit der Jahrhundert Philosophie, wo Körper und Geist im Einklang arbeiten und dabei entspannen. Ich merke ... älter werden mit der Neigung steif zu werden, als Ruheständler nur viel sitzen, weil ich gerne lese und schreibe. Ja mir fehlt eine gewisse Bewegung. Der Sport, eine Dreiviertelstunde schnell laufen, den ich 2x wöchentlich mit meiner Frau mit viel Freude absolviert habe, fehlt mir sehr.

Allein, ohne Partner, fällt es mir schwer die Motivation aufzubringen. Schon gewinnt der Schweinehund, den ich so hasse, und trotzdem bleibe ich zu hause. Schon fängt das Grübeln und die Vorwürfe gegen meine Unzulänglichkeit an, dazu gesellt sich meine schöne Erinnerung mit Gisela ... schon bin ich dem Weinen nah. Wehmut und Warum Fragen ... ich spüre diese Herbst Melancholie, und wie eine Lawine stürzt sie sich über meine Person.

Tief Luft holen ... eine Pause ... so lasse ich positive Gedanken und schöne Erinnerungen an mir vorbeiziehen. Eine Weile später bin ich wieder aufnahmefähig ... etwas ruhiger und konzentriert auf mein zu Tun. Dann dachte ich mir ... mal sehen was im Internet läuft und gab als Suchbegriff >Feierabend< ein. Per Zufall ... eine Webseite Feierabend.de öffnete sich und schon war ich drin. Siehe da, dort steht etwas über Mitglieder ... Treffen ... Kennenlernen für Senioren und kostenlos ist es auch.

Ich staunte über das, was ich da las. Schon juckte es in meinen Fingern und reizte mich sofort dort anzumelden. Ja wer weiß, noch einmal versuchen ... das Glück könnte dahinter stecken ... warum nicht!? Gedacht und sofort getan ... Profil mit Foto eingegeben und in wenigen Minuten war ich schon Mitglied und stöberte gierig nach weiblichen Mitgliedern in meiner Umgebung. Dann schaute ich nach Treffen und Terminen in Koblenz. Immer am ersten Montag im Monat im Hotel Continental Pfälzerhof wurde ein Treffen angeboten. Dort meldete ich mich an und dachte mal schauen. So kam ich zum Stammtisch ... nur zwei Männer, P. und H., beide nett und sympathisch. Wir kamen sofort ins Gespräch ohne großes Geplänkel. Circa eine Stunde später kamen noch 2 Frauen dazu. Beide hübsch, eine sitzend im Rollstuhl, beide grüßend lächelnd, sicher gut gelaunt und in der Runde schon bekannt. Na schön, dachte ich, es wird besser und sicher locker. Frauen sind irgendwie anders redselig und nett zum Anschauen. Die Vorstellung folgte ... Karin, kurze graumelierte Haare, feine Gesichtszüge, zierliche Figur, selbstbewusst auftretend, aus Montabaur. Die andere L. dunkelbraun, auch zierliche Figur mit ernsterem Gesichtsausdruck aus Koblenz.

Es war eine fröhliche Runde, mit tollen Gesprächen über uns, die Veranstaltungen und was uns Menschen sonst so im Alltäglichen beschäftigt.

Karin beeindruckte mich nicht nur durch ihre Geschichte und ihren Lebenswandel, sondern weil sie auch schreibt über sich und das mit Leidenschaft.

Ich erzählte in Kürze auch meine Geschichte und über mein Hobby, Lesen und Schreiben und ab und zu Wandern. Und so stellten wir fest, wir sind kompatibel, wie in der Botanik. Wir haben gemeinsame Interessen und Hobby und dazu der Wunsch uns zu schreiben und in Kontakt zu bleiben. Und so taten wir es auch und heute sind wir ziemlich gute Freunde.

Eine gute und liebenswerte Freundin, die mir hilft mit Gesprächen, und sie liest meine Manuskripte für meine späteren Bücher Korrektur. Dies vollbringt sie mit natürlichem sicheren weiblichen Instinkt und Verstand.

Ich bin von ihrer Art fasziniert ... selbstsicher ... ruhig geht sie mit Worten und Begriffen gut um, so wie mit ihrem, nicht immer einfachen, Leben. Karin hat von Geburt an eine Muskelschwäche, und genau das hat sie im Lauf der Jahre stark werden lassen. Sie ist sehr widerstandsfähig und verwehrt sich gegen den Ausdruck an einer „Muskelerkrankung zu leiden".

Hinter dieser hübschen zierlichen Figur steckt eine willensstarke Frau, die, wenn sie aus ihrem Rollstuhl aufsteht, sogar größer erscheint, als ihre 1,50 Meter, die sie misst. Eine bemerkenswerte Person und Freundin, ein Mensch, der mich beeindruckt ... berührt und begleitet ... ich finde sie in irgendeiner Weise toll.

Als ich sie kennenlernte und die Freundschaft mit ihr knüpfte, wusste ich nichts von ihrem Leben und sie nichts von meinem. Aber Eins weiß ich noch ... die Empathie war vom ersten Augenblick da. Und heute denke ich, diese Zufallsbegegnung hat sich für uns bezahlt gemacht ... beide profitieren und wir unterstützen uns wo es nur geht. Weil wir für einander etwas tun ... da sind ... ohne zu hinterfragen, so befestigen wir Vertrauen und die Beziehung.

Offenbar sind meine und Karins Altruismus-Gene stärker als die Ego–Gene und gewinnen an Terrain. Die Zukunft mit einem verträglichen Sozialleben ... davon bin ich überzeugt ... gehört, allgemein betrachtet, mehr den Altruisten als den Egoisten.

Trotz meiner „Herbstmelancholie", wie gefangen in meinem Körper und in meiner Wohnung, raffte ich mich zusammen und ging hinaus. Positiv war in mir die Sehnsucht nach Zweisamkeit, und das war das Sprungbett ... der Gedanke ... du kannst Jemanden finden, der dich gerne hat. Ich tat es und lobte mich über diese erreichte Leistung.

Tage später entdeckte ich durch >feierabend.de< die andere Webseite >seniorbook.de<. Einige Mitglieder sind in beiden Seiten angemeldet. Der Grund: Bedienung ist einfach ... Seniorbook ist eine moderne Online–Plattform, in der Erfahrungsaustausch und das Kennenlernen von Menschen mit gleichen oder ähnlichen Interessen im Vordergrund stehen. Außerdem gibt es Themenwelten mit Austausch ... Chats ... eine Fotowand für Fotoamateure und einen Lokalteil mit Nutzertreffen ... mit etwas Werbung getarnt als Info News, aber kostenlos. Kurz gesagt ... es ist gut! Seniorbook wendet sich an erwachsene Menschen ... die Lebenserfahrung und Wissen mit anderen teilen wollen. Die sich interessieren für ihre Mitmenschen ... helfen wollen und der Gesellschaft etwas zurückgeben.

Treffen und Begegnungen - ein Fazit

Bin mittlerweile fast ein Jahr online unterwegs, über die Single Portale auf Partnersuche. Es ist Zeit eine Zusammenfassung der mir begegneten Frauen ... es waren 21 an der Zahl ... aus dem Internet Portal, die ich auf meiner Suche nach einer Partnerin getroffen habe und was geschehen ist, zu geben. Von einigen habe ich bereits berichtet und aus der Beobachtung und meinem Gespür, unmittelbar nach der Begegnung, genau aufgezeichnet und was sich ereignet hat. Sie waren menschlich, von Emotionen und Gefühl geprägt und eine Entdeckung einer neuen Dimension oder Welt für mich.

Meine Feststellung ist Freude und Enttäuschung, in positiver Form aber auch als Risiko Faktoren. Faktoren, die manchmal eine kurze meist schmerzhafte Biographie in der Vergangenheit der Begegnenden zum Vorschein brachten. Ich war und wurde überrascht. Mir war bis dato in meiner Welt nicht bekannt, das Ehepaare und die Scheidung mit Krieg und dabei entstandenen kollateral Schäden, manchmal als posttraumatisch gegenwärtig sind. Dies kannte ich nur vom Hören, Zeitung lesen, erzählt bekommen ... wirklich tangiert hatte mich das noch nicht. Bevor ich Witwer wurde hatten meine Frau und ich eine gute Ehe geführt. Ich kenne und kannte viele geschiedene Frauen, aber deren Leben im Detail war mir nicht bekannt. Darum rede und schreibe ich viel über geschiedene Frauen, denen ich begegnete. Außer zwei Witwen, waren und sind alle geschieden. Also unweigerlich musste ich den Geschichten zuhören, mir dann Gedanken darübermachen und mich damit befassen. Ich musste für mich die Entscheidung treffen, ob ich die jeweilige Frau wieder treffen wollte oder nicht. Dadurch bin ich ungewollt wählerisch geworden. Der Grund heißt Vorsicht: „mich nicht unter Wert verkaufen".

Wählerisch sein bedeutet nicht nur für mich, sondern auch für andere, mein Erreichtes (Haben und Sein) meinen Lebensstandard zu halten, und jemanden zu finden dem es auch so geht. Es ist keine Diskriminierung, nur eben Selbstschutz ein Mittelständler zu bleiben.

Und alle die, denen ich begegnet bin, sind oder werden mit der Zeit wählerisch. Die eine weniger, die andere etwas mehr. Dies führt unbewusst oder bewusst zur Selektion der potenziellen Partner Kandidaten. Ein Beispiel wird verdeutlichen was ich meine.

Auf eine Anfrage nach Kontakt und kennenlernen, bekam ich eine kurze präzise klare Antwort "Hallo Herr Leonardo, es tut mir leid... sie haben ein anderes Zeitfenster als ich... das wird nicht gehen. Alles Gute beim Weitersuchen". Die Frau, die mir diese knappe aber bestimmte Abfuhr gab, war noch berufstätig und ein paar Jahre jünger als ich. Von vorn herein mir ein Vorurteil und Ergebnis zu liefern, ohne mich überhaupt einmal gesehen zu haben ... das ist für mich nicht akzeptabel. Doch für diese Frau spiegelt ihre Antwort ihre Erfahrung wider und vereinfacht die Suche, indem sie mich direkt vor den Kopf stößt.

Zum Thema Vorurteil und Urteilen komme ich gleich.

Was ich zunächst bei allen Suchenden direkt oder indirekt gespürt und erfahren habe, ist der Wunsch nach einem Partner. Ein Mensch, der einen so annimmt und liebt, wie man ist. Das ist das Höchste des Gefühls. Hier liegt aber eine Gefahr „begraben".

Eins ist klar, zum Treffen nimmt jeder sich selbst mit ... mit all den Eigenarten, mit der Vergangenheit, und das bedeutet, man muss beim Treffen mit allem rechnen.

Es kann sogar passieren, dass niemand erscheint zum Treffen. Den Mut, den ersten Schritt zu wagen, birgt Emotionen und Erinnerungen und trübt die Freude und es kommt zum Rückzug mit negativer Stimmung bis zum Aufgeben.

Dazu keine Nachricht schreiben, aus lauter Angst versagt zu haben. Die Gefühlswelt ist und bleibt autonom und lässt sich von Verstand und Ratio nicht direkt beeinflussen.

Mir ist es am Anfang auch so ergangen ... ich bekam einfach undefinierbare Angst vor dem Unbekannten ... vor dem was mich erwartet. Obwohl ich es wollte und mein Verlangen nach Liebe oder geliebt zu werden groß war. Es kostete mich Überwindung ... doch ich telefonierte mit meinen Verabredungen und erzählte mein Unwohlsein ... meine Unfähigkeit, zum Treffen zu erscheinen und entschuldigte mich. Ich traf auf Verständnis und wohlwollende Versuche, mich sogar zu trösten. Doch die Stimme klang nach Enttäuschung.

So beginnt die Reise zum Kennenlernen mit der Hoffnung sich zu verlieben ... einen Partner zu finden, der zu mir passt und dass ich endlich aus meinem Singledasein rausgehe.

Die Grenze von Sympathie zu Antipathie, von Liebe und Glück zum Hass und unglücklich sein sind fließend. Aus meiner Erfahrung bedarf es nur eines nicht wohl überlegten Wortes oder einer Bemerkung und schon ist es passiert. Dieses Wort oder Bemerkung als Aktion prallt und trifft wie ein Pfeil auf das Gegenüber und verursacht eine Reaktion. Dies ruft aus unserem Gedächtnisspeicher negative oder positive Gedanken hervor. Die Folge ... Annehmen oder Ablehnen und es bildet sich ein Vorurteil. Mit diesen Vorurteilen treffen wir bereits ein Urteil über eine mögliche Beziehung, noch bevor wir den andern Menschen richtig kennenlernen durften.

Hier sei gesagt ... vorurteilsfrei ist keiner von uns und das richtet sich nicht nur gegen andere Menschen, sondern auch gegen mich selbst.

Beispiel, ich neige dazu in allen Menschen, die Sympathieträger sind, das Gute, die besten Eigenschaften, sie als lieb und nett zu sehen. Es ist Schubladendenken und kommt aus unserer Erziehung und Erfahrung. Andere neigen dazu in jedem, der nicht so sympathisch rüber kommt, schlechte oder boshafte Eigenschaften zu sehen. Beides ist falsch, denn es sind schlicht und ergreifend Vorurteile. In Wahrheit ist es anstrengend und eine Kunst gegen Vorurteile zu arbeiten. Hier kommt, nicht nur für mich sondern auch für Interessierte, eine Hilfe, wie man die Kunst, Vorurteile und Urteile zu sortieren, erlernt.

Gelesen in ... „Jung im Kopf" Erstaunliche Einsichten der Gehirnforschung in das Älterwerden

Zum weisen Sokrates kam einer gelaufen und sagte: „Höre Sokrates, das muss ich dir erzählen!"

„Halte ein!" - unterbrach ihn der Weise, „Hast du das, was du mir sagen willst, durch die drei Siebe gesiebt?"

„Drei Siebe?", fragte der andere voller Verwunderung.

„Ja guter Freund! Lass sehen, ob das, was du mir sagen willst, durch die drei Siebe hindurchgeht:

„Das erste ist die Wahrheit. Hast du alles, was du mir erzählen willst, geprüft, ob es wahr ist?"

„Nein, ich hörte es erzählen und..."

„So, so! Aber sicher hast du es im zweiten Sieb geprüft. Es ist das Sieb der Güte. Ist das, was du mir erzählen willst gut?"

Zögernd sagte der andere: „Nein, im Gegenteil..."

„Hm...", unterbrach ihn der Weise, „So lass uns auch das dritte Sieb noch anwenden. Ist es notwendig, dass du mir das erzählst?"

„Notwendig nun gerade nicht..."

„Also" sagte lächelnd der Weise, „wenn es weder wahr noch gut noch notwendig ist, so lass es begraben sein und belaste dich und mich nicht damit."

Ich versuche so weit es mir möglich ist, die Fakten und Eindrücke zu sammeln und dann mit Hilfe der Sokrates „Sieb Geschichte" zu bewerten oder abzuwerten. Das Problem laut Psychologen ist ... Vorurteile halten sich hartnäckig, weil wir beim Denken sozusagen auf „Energiesparen" programmiert sind. Statt „kompliziert und langsam", mag es unser Gehirn lieber „schnell und einfach".

Auch die Liebe kann sich im Nu in Hass verwandeln. Schuld sind die gespeicherten Erfahrungen und die damit bestehenden Vorurteile. Ergebnis ist meistens ein Verharren in Verhaltensweise und Eigenheiten, die von mir nicht akzeptiert werden wollen oder akzeptiert werden können. Gut beraten wäre man, wenn wir die Ansprüche an uns selbst und anderen gegenüber „an die jeweilige Situation" anpassen würden. Es wäre ein Kompromiss. Ein Kompromiss, der andere nicht überfordern oder unterfordern würde ... eben „so angenommen und geliebt zu werden, wie man ist". Der Kluge, der wirklich interessiert ist (oder liebt) wird hier sicher seinen Verstand und Herz im Einklang spielen lassen.

Es sind die Stolpersteine, Hindernisse, die auf dem Weg der Grundbedürfnisse liegen. Sie sind in jedem von uns zu finden. Doch jeder von uns sehnt sich nach Zuneigung und Liebe, wie früher sowie auch im Hier und Heute.

Ich möchte damit niemandem den Mut und die Hoffnung nehmen sondern nur vor Augen führen, wie es sich in der Realität abspielen kann. Auch die Philosophie ... „Lebe von Tag zu Tag" ist gut sowie auch Pläne zu machen, aber keine Pläne, die zu weit hinausgehen.

Diese Anmerkung und Anregung bekam ich von meinem Nachbarn, als wir uns ein paar Tage nach der Beerdigung meiner Frau trafen. Er kondolierte mir und fragte, wie es mir so geht. Ich antwortete „dem Umstand entsprechend und ich werde meine Pläne ändern". Er sagte mir auf seine wohlwollende, herzliche und mitfühlende Art, mit einer Prise trockenen englischen Humors ... „Herr Testa, machen sie keine Pläne, die

„Pläne sind die Träume der Verständigen" und Sie sehen was passieren kann." Nun, ich verstand nicht sofort was er mir sagen wollte, denn mein Denkvermögen war von Traurigkeit betrübt. Tage später dachte ich nach, meditierte über den Aphorismus und so kam die Erleuchtung.

Meine Interpretation: Pläne sind Träume, die in die Zukunft ragen, das Hier und Heute wollen und die Zeit nicht vergeuden. Mein Nachbar hat recht und ich werde für mich diese Weisheit annehmen und anwenden.

Was mir noch persönlich gut getan hat, ist mein reif werden und mich mehr kennenlernen. Jede Begegnung mit mir und anderen Menschen ist ein Zusammentreffen von zwei Welten und hinterlässt einen Eindruck und Spuren in mir, die ich dann überdenken kann. Als Erstes wurde mir etwas klar, dem ich am Anfang nicht so viel Bedeutung beigemessen habe.

Die Frage: Leonardo, was möchtest du in eine Beziehung investieren und hast du bis dato genug getan?

Ehrlich gesagt ... plötzlich wurde mir diese spontane Aussage klar ... Eigentlich habe ich noch nicht alles gegeben.

Wahrlich, zum ersten Mal stellte ich zunächst meiner Person und später den anderen in der Konfrontation diese Frage und ihre Bedeutung.

Nun, nur der Wunsch einen Partner zu suchen oder zu haben ist gut, jedoch dafür alles zu investieren, dass macht den feinen und entscheidenden Unterschied. Als ich das begriffen habe und in mir verinnerlichte, bekam ich einen Schreck und eine Reaktion als Antwort ... „Ich glaube nicht, oh verdammt, dann tue was dafür!" Und dann wurde mir auch klar, was ich gefürchtet habe. Ob das jeweilige Gegenüber es gespürt hat? ... Ja, mit Sicherheit!

Ich wurde zunächst vom Schuld- und dann von Schamgefühl überrascht und mir wurde bewusst ... „Diese Erkenntnis, die mir die Augen geöffnet hat, verdanke ich einer Person nach einer

Begegnung, die mit einer verbalen Auseinandersetzung herging". Von dieser Person bekam ich noch weitere Impulse und Ideen, und dafür habe ich mich bei ihr bedankt.

Begegnungen und Treffen sowie Gespräche und auseinander setzen sind auf jeden Fall positiv zu bewerten. Sie bringen Erkenntnisse, eröffnen neue Perspektiven und richten den Blick auf eine Seite deiner Person, deren du dir nicht direkt bewusst bist.

Das Ergebnis meiner Suche nach Gefühlen ... nach Liebe, habe ich nicht gefunden. Aber, wie schon gesagt, die Form einer tiefen Verbundenheit und wahren Freundschaft. Dies ist für mich das Glück und natürlich für meine beiden Freundinnen Anna und Karin.

Liebe auf den ersten oder zweiten „Klick" hat nicht geklappt und die Frage, ob das Internet unser Liebesleben verändert drängt sich bei mir auf. Ich werde sicher versuchen eine angemessene Antwort zu liefern.

Was ich gelernt habe ... Die Lektion:

Der Wunsch und viel investieren, schon ab dem ersten Treffen, dies erhöht mögliche Zuneigung und Sympathie.

Mut und Wagnis zum erste Schritt ... gib dich natürlich ... sei authentisch.

Jede Begegnung so betrachten: Alles, was geschieht, hat einen Grund.

Sei in jedem Augenblick so bewusst wie möglich und nimm ihn und die Umgebung an.

Nun, ich sage zu mir ... „Leonardo, bleib in positiver Einstellung."

Vom Ich und Du zum Wir werden ... es ist noch ein weiter Weg.

Ich und Du - Gefühle und Hindernis

So war der Anfang mit Mailkontakt und Anfragen, Gedanken tauschen, telefonieren, sich vorsichtig an den anderen herantasten ... irgendwann die Verabredung zum ersten Treffen. Theoretisch und praktisch treffen zwei fremde Welten als Personen aufeinander ... sitzen oder stehen sich gegenüber. Beide wollen und sind bereit, dass aus Ich und Du das Wir wird. Im „Gepäck", außer Sympathie, die schon Voraussetzung ist, nimmt jeder sich selbst mit. Begeisterung, ein Maß an emotionaler Distanz und Unsicherheit der eigenen Gefühle. Werde ich gemocht und wenn, wie groß ist das Interesse? Sympathie steckt an: Menschen fühlen sich von anderen besonders stark angezogen, wenn sie wissen, dass diese sie mögen. Ein Phänomen ist und bleibt: Nicht messbar ... Wie groß das Interesse für einen anderen ist, wenn man nicht weiß, ob die eigene Zuneigung auf Gegenliebe stößt. Bei all meinen Begegnungen hatte ich immer das Gefühl, es ist zwar „künstlich" arrangiert, trotzdem ... die selbstgeschriebenen Profile bringen uns zusammen. Früher geschah dies anders ... viel umständlicher und manchmal gab es auch eine Begegnung per Zufall. Ob das künstliche Arrangement Einfluss auf die Begegnungen nimmt und eine gewisse Rolle spielt? Mich beeinflusst es nur ein wenig, weil ich ziemlich genau weiß, welche Person auf mich zu kommt. Bei den anderen Suchenden weiß ich es nicht genau. Auf jeden Fall wird hier so zusagen der Zufall arrangiert, was früher der normale Fall war.

Ich kenne viele Paare, sowie auch unser Sohn. Er und seine Partnerin haben sich im Internet kennengelernt und heute, nach Jahrzehnten, leben sie immer noch in einer glücklichen Beziehung. In meinem Fall habe ich nicht sofort eine Partnerin gefunden, jedoch Freundschaft. Leider leben eine Menge früher unglückliche und heute glückliche Frauen, mit Power und Selbstbewusstsein, in einer für sie heilen und sublimierten Welt. Mit Sublimierung meine ich diese „Veredelung", hoch in der Luft sich befinden (glücklicher Zustand mit Lebenssinn) und erreicht durch Therapie und harte Arbeit. Das ist für sie Lebensinhalt und gut ... diese Gefühle dürfen aber nicht verabsolutiert werden. Allerdings bei der Entscheidung ein Wir zu werden, trotz des Empfindens des Ichs für das Du, kann die Verabsolutierung ein Hindernis und Bremse sein und zum Nein werden.

Mutter und Oma zu sein, diese Liebe weitergeben und nehmen, ist eine Bindung mit starkem Gefühl. Dabei darf man nicht die anderen Gefühle, die im Leben auch einen „Primären" Sinn haben, vergessen. Mal ganz ehrlich, wer verlässt einen gut erreichten Status, den ich Sublimierung nenne, und das ist dort, wo alles stimmt ... man glücklich lebt, für eine unsichere, nicht im voraus messbare neue Beziehung? Und die Angst, vielleicht wieder Schmerzen und Trauer zu erleben ... manchmal durch die Hölle gehen ... kommt hoch. Ein gebranntes Kind scheut das Feuer.

Wie gesagt, die Bereitschaft und die Sehnsucht ist da ... ist gegenwärtig ... deshalb sind ja Singles unterwegs im Internet und bezahlt haben sie auch schon.

Ein möglicher Partner, bei dem fast alles stimmt, zwingt uns, eine Entscheidung zu treffen. Tausend mal überlegen wir eine Antwort mit JA oder Nein. Um ein JA zu sagen ... dazu zu stehen ... sich fallen lassen in eine Beziehung, die sich anbahnt ... muss oder soll eine „außergewöhnliche Voraussetzung" haben, die einen wirklich überzeugt.

Was meine ich mit „außergewöhnliche Voraussetzung" oder anders gesagt „das Herz verlieren lässt"?

Es ist das Gefühl selbst begehrt zu werden.

Der andere verhält sich genauso.

Es ist eine Schaukel ... hin und her ... senden und empfangen ... den Herzmagnet anziehen. Diese Gefühle berühren ... bewegen ... wecken in uns Zuneigung und die „Liebe".

Gefühle und Emotion, je nach Stärke, kommen und gehen. Die 100%ige Sicherheit oder Wahrscheinlichkeit gibt es nicht ... ein Risiko bleibt und Versagen ist leider jederzeit möglich.

Es ist, wie ich festgestellt und erfahren habe, eine komplizierte Welt der Gefühle. Diese Gefühle werden hervorgerufen von Situationen und unseren Gedanken, wenn etwas passiert. Wir sollen alles im Griff haben und nicht manipuliert oder gesteuert werden. Wir müssen damit umgehen „Resilient" zu sein und emotionale Intelligenz kommt ins Spiel. Das bedeutet ... wir steuern Gedanken, Gefühl und Selbstmotivation, innerlich wie äußerlich, um Liebe zu zeigen oder Konflikte zu lösen.

Was ich hier schreibe ist meine persönliche Erfahrung. Das Dilemma ist präsent, wenn ich auch am Anfang Fehler gemacht habe, wollte und musste ich lernen. Von nichts kommt nichts und Gott selbst bittet um Mitarbeit ... der Mensch hat die Freiheit sich zu entscheiden.

Wie schon erwähnt, ich wollte eine Partnerin suchen wie „Auf Teufel komm raus" ... unbedingt ... um jeden Preis. Ich habe dafür Geld ausgegeben, auch wenn es so teuer ist auf einigen Singleplattformen ... mit aller Kraft ... energisch ... ohne Rücksicht auf die Folgen. Und heute, genau gesagt, Ende Oktober 2015, habe ich aufgehört so zu suchen. Ich änderte meine Einstellung.

Single Webseiten habe ich gekündigt und die Profile sind gelöscht. Ich lasse alles auf mich zu kommen, mal sehen was sich noch tut. Ich bin offen und werde mehr sozial agieren. Das heißt ... aktiv mehr unter die Leute mischen.

Warum habe ich mich anders entschieden? und woher kommt die Wende?

Nun Ja, zunächst ganz unter uns gesagt, ich bin genervt vom ständigen Piepton der Mails von der Single Webseite. Es ist eine Bombardierung durch Mitteilungen über „Sie beide sollten sich unbedingt kennenlernen" oder „Sie sind beliebt" oder „Sie besucht ihr Profil, interessiert sich für Sie". Und wenn es um einen Kontakt geht „Ein Lächeln für Sie - mit Nachricht" Und dann schreibst du zurück, auf die Mail, kriegst aber nicht immer eine Antwort. Die Anonymität macht es einfach, du benimmst dich, wie du gerade Lust und Laune hast.

Es hat mich teilweise gestresst und die Mails zu lesen ... zu schreiben und zu beantworten, Frauen Profil studieren ... die verschiedenen selbstgebastelten Namen oder Spitznamen nicht durcheinander zu bringen mit dem Realnamen und so weiter, hat extrem viel Zeit in Anspruch genommen. ...Das ist wie ein „Halbtagsarbeitsplatz". Ich finde, diese erbrachte Leistung, gemessen an der tatsächlichen Arbeit der Single Webseite Unternehmer, dir nur einige Singles vorzustellen, ist wirklich leicht verdientes Geld. Ich verzichte für den Moment ... lege eine Pause ein ... vielleicht gibt es noch andere kostenlose Senioren Portale.

Jedem steht es frei so sein Glück oder anders wo zu suchen und zu finden.

Nur Vorsicht, auf diesen Webseiten lauern auch Gefahren, in der Form von falschen und erdachten Profilen. Fach-Gauner, die dir nur das Geld aus der Tasche ziehen wollen, in dem sie dich scharf auf eine Frau machen, die sie entsprechend mit Foto darstellen, dass du dich Hals über Kopf verliebst und deinen Verstand zunächst verlierst.

So kann man mit vorgegaukelten Gefühlen Geld verdienen. Das ist kriminell und muss bestraft werden. Es schadet denen, die wirklich auf Partnersuche sind. Hier wird mir wieder bewusst, wie diese „fast Anonymität" des Internets, so wie Datenschutz, ein Segen und doch auch ein Fluch sind.

Bei einer Antwort, die ich von einer meiner Begegnungen bekam, machte es klick in mir. Ich wurde überrascht und es beunruhigte mich.

Auf meine Frage „Wo hast du deinen Urlaub verbracht?" ... die Antwort knapp, aber bestimmt mit Resignation ... „Was ist Urlaub? ... ich kann mir so etwas kaum leisten".

Ich stand nur mit offenem Mund da ... bin aus allen Wolken gefallen mit harter Landung in der Realität, und mir rutschte nur ein „Mann-o-Mann" heraus. Nach kurzem Schweigen fügte sie hinzu „das Geld reicht gerade zum Leben, großer Spielraum ist da nicht"

Das ist eine Tatsache ... ein Hindernis, das bei mir Tristesse und Wut hervorruft. Einige geschiedene Frauen, denen ich begegnet bin, leben auf Sparflamme am Limit zur Armut. Haben meistens nur Halbtagsarbeit und sind dazu finanziell vom ehemalige Ehemann mehr oder weniger abhängig.

Natürlich, die Arbeitslage ist nicht berauschend, die Löhne werden unterdrückt, die Gewerkschaften haben wenig Einfluss. Die Politiker, unsere Interessenvertreter (oder Verdreher) und deren Bürolobby Problematik in Berlin, die eine Demokratie lähmt, und in eine, auf Zeit gewollte, gewisse Armut der Bevölkerung lenken. Fragen wir warum die Parteien sich angleichen? ... das Interesse an Wahlen nimmt ab, der Bürger spürt schon, dass etwas an der Demokratie nicht mehr stimmt. Die Globalisierung und die multinationale Strategie, sowie die Banken „Arbeit" geben uns noch den Rest. Diese Feststellung ruft nach Handlungsbedarf, vor allem die Sensibilisierung der öffentlichen Meinung. Denn „früher" waren wir arm. Die Nachkriegszeit, die habe ich noch in Erinnerung, war gut bis Ende der 70er Jahre, und schleichend ab den 80er Jahren kamen die ersten Sparmaßnahmen der Politik. Erste Zeichen eines Prozesses, der uns in absehbarer Zeit wieder zur Armut führt. Und diese Tendenz führt unweigerlich auch zum Verschwinden des Mittelstandes, wo somit in Zukunft sich nur noch Arme und Reiche gegenüberstehen, wie zu Beginn des 19. Jahrhunderts vor der Industrialisierung.

Diesem Anliegen bedarf es eines eigenen Buches. Es wurde schon darüber gesprochen und geschrieben, jedoch fühle ich die Ohnmacht, die sich einstellt nur beim Zitieren des Armutsproblems. Wir sind überfordert genau wie die Politik auch ... keiner weiß wirklich was zu tun ist.

Ich werde weiter die Augen und Ohren offenhalten, mich darüber informieren, recherchieren und eine Sensibilisierung der öffentlichen Meinung versuchen. Armut, ein akutes Beispiel ... Griechenland, und schleichend in Italien (selbst gesehen und erfahren) Spanien ... Portugal werden folgen.

Deutschland scheint wirtschaftlich noch stabil, aber der steigende Bedarf an „Tafelessen für arme Menschen" nimmt zu. Menschen, die nicht genug Geld haben, am Limit leben, sollten uns beschämen. Die meisten von ihnen haben auch gearbeitet, doch mit wenig Rente, schnappt die Armutsfalle zu. Mit der „Tafel", ein Lob an die ehrenamtlichen Helfer, werden lediglich die Symptome bekämpft, doch die Ursache müssen wir suchen und finden.

Ich habe eine Ahnung ... was dagegen unternehmen, Ja, „den Krieg erklären und kämpfen". Einige werden mir sagen ... Kultur und Völker kommen und verschwinden, so lehrt uns die Geschichte. Es stimmt und zwar schnell ... fast plötzlich, das ist auch wahr. Das könnte Europa auch so passieren. Was relativ langsam voranschreitet sind die Naturkatastrophen. Wobei, ehrlich gesagt, ich bin gerade zurück aus der Heimat Süditalien, und habe einen Monat August erlebt, wie noch nie. Intervalle von Starkregen und Sonne ... keine normalen Sommergewitter ... sehr warmfeuchte Luft zum Ersticken. Die „Afa", sagen die Italiener, und Temperaturen schwanken innerhalb kurzer Zeit. Klarer Himmel und dazu blau ... eine Seltenheit. Fast immer war eine leichte weißgraue Patina am Himmel zu sehen, und vermehrte Schweißsekretion als klebrige Haut zu spüren.

Als Kind lernte ... wusste und sah ich, in der Schule die Vierjahreszeiten und die gab es auch real, mit ihren Eigenschaften ... Anfang und Ende.

Heute, wie Politik und Partei, gleicht sich alles. Eine Mischung aus undefinierbarem Klima und Wetter ... du musst täglich Kleider für kalte oder warme Zeit zur Auswahl parat halten.

Gefühle - Verabsolutieren - Berührung

Wir wissen gut, was es für ein riesiges Angebot an Single Börsen für junge Menschen und speziell für die Generation 50Plus im Internet zu finden gibt. Ich habe einige getestet ... von „Normal" bis „Christlich", nur selten kostenlos und alle stehen in Konkurrenz und buhlen, um die meisten Mitglieder zu bekommen. Und das, nur damit alle Eintritt zur Gefühlswelt oder Liebe erhalten, um möglichst auf ihre Kosten zu kommen. Eine Maschinerie von Angeboten ... der Gefühls-Mensch ist entdeckt ... Mann oder Frau ... geschieden ... Single oder Witwe/r. Alle haben Gefühle ... möchten lieben und geliebt werden ... nicht gerne allein und einsam sein. Besonders die „noch jung gebliebenen" ... teilweise schon Rentner ... noch gesund und mobil.

Ich möchte hier nochmal auf das Gefühl des „Reifen Alters" eingehen, was meistens Frauen betrifft, weil sie Mutter ... Großmutter sind, aber auch manche Männer sind davon betroffen: Für etwas da zu sein ... für etwas oder für jemanden. Das sagt uns, es ist ein Lebensziel. Hier wird deutlich, älter werden oder der „biologische Abbau" ... aber wir fühlen uns fit und sind es auch noch zum großen Teil. Dies hat keinen Einfluss auf die Gefühle und den Lebenssinn, unsere Biologie läuft weiter und endet mit dem Tod. Im Älterwerden legen wir die Arbeit nieder, Ruhestand tritt ein ... die Gefühle bleiben. Viele werden deutlich aktiver, als noch vor wenigen Jahren und sagen: „Jetzt geht das Leben richtig los". Es ist gleich, ob gute, verrückte oder ungewöhnliche Arten der Gefühle im Spiel sind ... nur nicht verabsolutieren und die anderen Gefühle vernachlässigen oder sogar ignorieren ... Maß und Gleichgewicht halten ... die Balance, das führt zum glücklich sein.

Um Verabsolutieren zu verstehen, hier ein Beispiel: Die Mutter liebt und vergöttert ihr Kind oder die Oma das Enkelkind, dabei vernachlässigt sie die Liebe zum Mann und zu anderen. Dadurch werden Konflikte heraufbeschworen. Salopp gesagt, die Mutter oder Oma macht sich zum Sklaven des Kindes und sich gleichzeitig den Mann und andere zum Feind. Damit ist keinem gedient und keiner wirklich mit der Situation glücklich.

Es gibt zwei Gefühle in der Welt der Liebe ... 1. die Liebe in und zur Familie und den Angehörigen, die wir mit unserer Geburt mitbekommen ... 2. die Liebe zum Partner, Freund oder Lebensgefährten, die wir freiwillig durch Begegnung miteinander gefunden haben.

Die Vorgehensweise bei Gefühlen ... los lassen ... nicht hängen lassen ... elegant hindurch gleiten ... rechts und links schauen ... dabei fühlen ... erleben und genießen.

Es ist, anders ausgedrückt, ein Spagat zwischen den Gefühlen und den Emotionen ... Balance halten mit allen Beteiligten, die auch in Liebe in unser Leben involviert sind und sie nicht ins Abseits zu drängen.

Eine gemeinsame körperliche Geste, die Gefühl unter vertrauten Menschen bestätigt und verbindet, ist die Berührung. Mal freundschaftlich, mal heftig, meistens zart an bestimmten Körperregionen.

Hände berühren ... ein schöner Effekt, der unter die Haut und noch weiter geht ... wird lange im Gedächtnis bleiben. Es hängt vor allem vom Wie und Wo es stattfindet ab und mit welchem Kontext. Wir empfinden und spüren Berührungen von Fremden als unangenehm ... störend und unangebracht.

Die Voraussetzung für angenehme Berührungen ist eine Vertrauensbasis, die schon im Bekanntenkreis vorhanden ist, sowie beim Kollegen und in den Sozialen Berufen, wo ich besonders mein Leben anvertraue. Ärzte und Pflegepersonal, diese wirken gut und schaffen Sympathie auch durch unauffällige Berührungen. Aus meiner Arbeit im Krankenhaus sowie in der Pflege zuhause, kann ich es nicht nur bestätigen, sondern es hat sich eine ganz besondere Art der Berührung – Therapeutic Touch (Heilsame Berührung) entwickelt. Es geht um die sanfte Berührung, die für einen Ausgleich der körperlichen Energien sorgt. Es hat sich noch nicht überall herumgesprochen, aber die Erfahrung und die Pflegewissenschaft werden das befürworten und als einen Teil der Behandlung aufnehmen.

Berührungen sind ein Hauptmerkmal der Gefühle. Sie verbinden Menschen ... schaffen und festigen Vertrauen ... sind positive Energie ... haben eine eigene Magie und Macht.

Eine kurze Berührung an Schulter, Ober- und Unterarm zur Begrüßung, die meistens mit Handschlag zusammen geht, das tue ich persönlich gerne. Ich glaube fast jeder von uns, der dies macht, erfährt erstaunliche positive Effekte. Dem Begrüßenden wird von einer Seite Verbindung, Vertrauen sowie Unterstützung signalisiert. Manche Psychologen behaupten, kurze Berührungen des Kunden beim Kauf steigern im Geschäft den Umsatz.

Wenn dem so ist, kommt die Frage auf, wie entstehen überhaupt Gefühle, welche Ursache steckt dahinter?

Wir sind es, mit unseren Gedanken und unserem Denken und den Zusammenhängen ... sie entstehen aus uns heraus. Hauptsächlich von den Eltern mitgegeben, indem wir zugeschaut haben ... Erziehung ... wir lernen Positiv und Negativ von einander zu unterscheiden ... loben und tadeln ... lachen ... weinen und schimpfen. Dieses Denken und Fühlen haben wir uns angeeignet. Dazu im Laufe der Zeit und Jahre haben sich noch die Feinheiten, durch eigene Erfahrung, Werte und Normen, falsch und richtig, und das Empfinden und die Bewertung dazugesellt, und dies läuft fast automatisch ab.

Wie ich schon sagte ... mit dem älter werden, stellt sich eine Gelassenheit ein, die ich selbst im Alltag spüre, sie passt sich an die Situation der „ohne Sorge Generation" an und ist gegenwärtig.

Noch etwas ist merkwürdig, interessant und nennenswert, und beunruhigt nicht nur mich, sondern noch mehr die Katholische und Evangelische Kirche. Ich habe eine Beobachtung an mir und anderen gemacht und festgestellt ... „Der Glaube wird und ist persönlich" ... personalisiert. Genauso verhält es sich mit der Zuneigung oder dem Gefühl der Liebe ... Liebe wird und ist heute personalisiert.

Der Arzt und Psychiater Viktor Frankl hatte bei einem Interview des amerikanischen Time-Magazine auf die Frage: ob der Trend weg von der eigenen Religion zu einer Universal Religion führe? ... geantwortet ... „Im Gegenteil sage ich, wir gehen nicht auf eine universale, sondern viel mehr auf eine personale ... eine zutiefst personalisierte Religiosität zu. Eine Religiosität, aus der heraus jeder zu seiner persönlichen, seiner eigenen, seiner ureigensten Sprache finden wird, wenn er sich Gott zuwendet."

Wohl gemerkt sind 30 Jahre vergangen, eine gespürte und intuitive Vision ist wahr geworden und er hatte recht.

Warum und Wieso ist das ein Hindernis? Ja und Nein.

Bin fast dahinter gekommen, denn Glaube und Liebe so wie Hoffnung hängen nah zusammen. Es steht schon im Evangelium, der Apostel Paulus 1. Korinther Brief 13:13 ... meistens zu finden auf Gräbern als Spruch. Es sind göttliche Tugenden in der Lehre des christlichen Glaubens. Diese haben aber im Irdischen die Praxis und Bewährungsprobe, also nicht nur jenseitig sondern auch diesseitig.

Ich werde darüber schreiben und genauer darauf eingehen in meiner Fortsetzung über die Gefühle - Zuneigung oder Liebe.

Als 50Plus Generation haben wir, wie ein Volksspruch sagt ... „einen Sohn zeugen - einen Baum pflanzen - ein Haus bauen" oder eine andere Version „einen Sohn zeugen - einen Baum pflanzen - ein Buch im Leben schreiben" mehr oder weniger schon hinter uns gebracht. Man kann sich streiten, ob dies so richtig ist oder nicht. Sicher ist, dass wir nicht mehr das brauchen, was junge Leute sonst noch brauchen zum Aufbauen ... Familie gründen ... Karriere ... Haus oder Wohnung. In unserem Alter ist schon all dies passé. Wir stehen auf dem Fundament der eigenen Persönlichkeit und haben unsere Wohnung oder Haus ... stehen voll im letzten Abschnitt unseres Lebens, und wollen die restlichen Jahre, die uns noch bleiben, mit allen Sinnen genießen.

Aktiv bleiben ... ein wertvolles Leben ... ein „Lebenswürdiges Dasein" und nicht nur das bloße Am-Leben Sein.

Wahre Freundschaft pflegen

Aus meinen Begegnungen habe ich zwei gute Freundinnen für mich gewonnen ... für uns ein Gewinn. Keine Partnerin, aber noch ist alles offen. Anna und Ich haben oft telefoniert, Nachrichten mit WhatsApp hin und her geschrieben und uns wieder gesehen. Wir sind gemeinsam ausgegangen und haben Konzerte besucht. Dann bekam ich eine kurz Nachricht ... „Freundschaft ist wie der Glaube an Gott, das tiefe Gefühl zu ihm hilft einem, aber wenn man einen Freund hat, muss man sich nicht mit allem an Gott wenden". Ehrlich, sehr weise, schön und es stimmt. Das war die schnelle Antwort auf meine Frage Gott und die Freundschaft betreffend. In kurzer Zeit ist eine wahre Freundschaft entstanden, und die Merkmale, die wir festgestellt haben, bestätigen uns diese Riesenbereicherung in unserem Leben. Es hat mir nicht nur Augen und Geist geöffnet, sondern ich habe endlich begriffen, warum wahre Freundschaft, für uns, in unserem 21. Jahrhundert, mehr denn je wichtig ist. Mehr dazu gleich.

Ehrlich gesagt, hatte ich mehr erwartet, und im Gespräch mit J. sagte sie mir, es hätte bei ihr nicht „Klick" gemacht. Mit anderen Worten ... sie hat sich nicht verliebt. Doch wir sind tief verbunden, haben viel gemeinsam und so sind wir glücklich.

Mit Karin wie gesagt, bin ich mehr verbunden durch unsere Liebe zum Schreiben, und besonders weil sie mich in ihrer Art fasziniert. Manchmal, da überrascht sie mich mit ihren Ideen und Aussagen während unserer Gespräche, immer wieder aufs Neue.

Da ich nicht all zu viele Freunde habe, und die ich habe sind meistens weiblich, frage ich mich schon mal ... Warum ist das so? Die Antwort ist nicht leicht, aber ich bin nach langer Überlegung dahintergekommen. In so einer Situation würde man denken ... ich bin schwul. Schwule sind oft eben durch ihre feine Art mit Frauen befreundet.

Nein, das bin ich nicht.

Es sind meine, nicht alltäglichen „Männerhobbies" ... Mittelalter Geschichte, Philosophie und Theologie. Noch etwas habe ich festgestellt ... meine veränderte Lebenssituation als Witwer und neuem Lebensabschnitt im Ruhestand. Das Trauerjahr und meine Entscheidung mehr zurückgezogen zu leben. Manche Freunde und Bekannte sind mir entweder abhandengekommen ... der Kontakt abgerissen und Neue sind hinzu gekommen.

Aber nicht nur ich habe mich verändert, auch mein Umfeld ist anders. Dabei ist nicht der Zufall zu vergessen, der kommt fast wie gerufen, fällt einem quasi in den Schoß. So ist es bei mir und Karin passiert. Das versteht man meistens nicht direkt, sondern in einigen Momenten im Nachhinein. Ich suchte eine Partnerin und Treffen und lerne eine gute, besser gesagt ... meine beste Freundin kennen. Ja sie ist avanciert, durch die besondere tiefe Verbundenheit und die Akzeptanz, uns so anzunehmen, wie wir sind. Respekt, Toleranz und der gemeinsame Blick nach vorne gesellen sich dazu. Sicher, jeder weiß was Freundschaft ist, wie sie sich anfühlt, welche Momente des Glücksgefühls damit verbunden sind, und manchmal versucht man auch mehr hinein zu interpretieren.

Doch in meinem Alter ist es etwas Besonderes ... Merkmale, die mehr mit Reife, Beständigkeit, ohne Konkurrenzkampf und mit anderen Zielen zu tun haben. Mit 60 sind sie anders als mit 20 oder 30. Und überhaupt, die heutige Generation ... um die 60 oder etwas mehr ... ist eine ganz andere, als früher. Mit früher meine ich die Zeit, als ich noch ein Bub war ... Anfang der 1960er Jahre, und die „Alten Leute" der damaligen Zeit in Erinnerung habe. Das Bild und Denken über die Alten, ist mir noch sehr klar im Gedächtnis ... es ist ein krasser Gegensatz zum heutigen Denken.

Bemerkung ... das Bild und Denken beruhen auf dem Sehen, Beobachten und dem psychischen Zustand der Person, die ich als Kind war. Kinder wachsen heran und sind mit 7 Jahren bei

Schuleintritt Denker und verständig. Bekannterweise sind Kinder sehr objektiv direkt und lügen nicht.

Ich möchte wiedergeben, was ich damals gedacht habe ... und die meisten in meinem Alter werden sicher mit Lächeln und Kopfnicken dies auch bestätigen. „Die 60 bis 65jährigen sind uralt, wie Dinosaurier, verbraucht durch Krieg und schwere Arbeit. Die haben sicher keinen Bedarf an Liebe oder Sex, und stehen auf der Warteliste vom Sensenmann."

In der Tat, als ich Kind war, wurde ich von meiner Mutter zu vielen Beerdigungen geschleppt, und zum Abschied nehmen, so der Brauch, den Toten auf die Wange oder Stirn küssen. Ich prägte mir damals so ihr Alter an den Gesichtszügen ein. Sie waren meistens noch „Junge" Leute, die das Rentenalter gerade erreicht hatten, damals etwas über 50, einige auch noch jünger. Die damalige Lebenserwartung war etwas besser als im Mittelalter, jedoch laut Grafiken und meiner Beobachtung als Kind, starben die meisten Menschen zwischen dem 50. und 60. Lebensjahr. Das Risiko und die Einflussfaktoren für einen frühen Tod waren verbunden mit dem durchgemachten 2. Weltkrieg ... so einfach ist die Erklärung.

Heute haben wir eine höhere Lebenserwartung, und das merke ich selbst an mir und meinen Zeitgenossen. Wir sind fit und gesünder als früher. Sowieso dreht sich um die heutigen Rentner und Menschen im Ruhestand ein riesiger Apparat an Firmen. Besonders mit Fitness und Reisen und sonstigen Angeboten, um das Leben zu erleichtern und angenehm zu gestalten. Die Liebe zu finden und Gefühle zu befriedigen, findet man im Internet das Übrige. Mit vielen Webseiten für Singles jeglicher Couleur, die ich eben selbst ausprobiert habe und hier davon berichte. Viele sind gezielt auf die 50Plus Generation eingerichtet.

Hiermit möchte ich nur aufmerksam machen und aufzeigen, warum wir, die heutige Generation 50Plus anders sind und ticken und Gefühle ... besonders Freundschaft ... keine Altersgrenze haben.

Weiter Ausschau halten

Als Witwer auf Partnersuche, habe ich natürlich Lust am Leben und nicht bloß am Leben zu sein. Aber ich investiere nichts in Gesundheitsreligion oder Zeit in den Fitnesswahn, um bessere Gesundheit zu erreichen. Freizeit ist kostbar, und die Zeit, die ich in Partner- oder Freundschaft-Portale investiert habe, hat bei mir Ernüchterung und teilweise Skepsis hervorgerufen. Ob wahre Freunde oder eine Partnerin dort zu finden sind?

Leider ist es heute fast die größte Möglichkeit, in der Tat, jemandem zu begegnen. Zusätzlich gibt es noch die Option, in einem der vielen Vereine Mitglied zu werden ... vorausgesetzt man hat dieses Interesse oder Hobby.

Ich muss bekennen, ich bin kein Vereinsmeier ... also fällt es mir schwer, dort einzutreten, wo ich mich nicht identifizieren kann. Hier glaube ich, kommt der Italiener in mir zum Vorschein. Die Vereinsmeierei gilt als „typisch deutsch".

Unendlich viel Zeit investieren, in die Quellen des Lebens, die uns ernähren ... dabei genießen und satt werden. Vertrauen und Liebe sind unabdingbar ... gehen Hand in Hand mit Geborgenheit ... Wärme und Licht. Ohne ist das Leben unerträglich und voller Misere. Um Geborgenheit zu spüren und zu erleben, machen wir uns auf die Suche ... geben wir dem Leben eine Chance, die „Wahre Freundschaft" wieder neu zu entdecken.

So mache ich es zur Zeit ... Genießen mit meinen wenigen Freunden, die mein Leben bereichern und erfüllen.

Unter dem Begriff Freund verstand ich früher ... ein nahe stehender Mensch aus der Familie und den Angehörigen ... Paten. Er ist auch nicht das Gegenteil von Feind, wie er früher ursprünglich daher kam. Heute, so verstehe ich es und auch der Autor Martin Echt, ist es total anders.

Eine wahre Freundschaft, wie zwischen mir und meinem Bruder C. ist selten aber möglich, weil wir Verwandte sind. Unsere Freundschaft hat sich erst später, im Lauf der Jahre entwickelt. Trotz der Entfernung, ca.1600 km trennen uns und meine ganze Familie, und wir uns nur 3 oder 4 mal im Jahr sehen, ist die Verbindung da. Zur Pflege des Kontaktes gibt es genügend Medien. So nehmen wir Anteil am Leben des anderen. Das Wiedersehen ist ein Ereignis, und wir feiern mit ausgewähltem Essen und Rotwein ... trotz langer Zeit der Trennung habe ich und auch er das Gefühl ... sich gerade erst gestern gesehen zu haben.

Es ist mir bewusst, trotz gut geführter Ehe, eventuell Fehler gemacht oder etwas versäumt zu haben. Ja, ich weiß, wir hatten kaum „Wahre Freunde" ... aber viele gute Bekannte. Ungünstige Zeiten durch den Schichtdienst, und manchmal kamen wir nicht zu Potte, denn durch das Älterwerden vergeht die Lust an manchen Unternehmungen. Wir haben die letzten Jahre Zeit und Geld für die Renovierung der eigenen Wohnung investiert ... versucht mit gesunder Ernährung und etwas Sport einigermaßen gut zu leben, leider ohne Erfolg. Das Schicksal oder „Risikococktail" hat zugeschlagen durch eben den Tod meiner Frau.

Zusammenfassend, ich habe festgestellt ... „wahre Freunde haben wir nicht wirklich gesucht und auch nicht gepflegt". Wir haben überhaupt nicht verstanden, warum in unserer Zeit Freundschaften so wichtig sind.

Unser Hauptaugenmerk war auf uns und unsere Familie bezogen. Das ist zwar lobenswert, jedoch für ein gesundes soziales Umfeld reicht es im Alter nicht aus. Durch meine wiedergewonnene Lust und Freude am Leben ... Lesen und nicht mehr Einsiedler zu bleiben, habe ich unter anderem ein Buch über „Wahre Freunde" von Martin Hecht entdeckt, gekauft, auf meinen „eBook Reader" geladen und wahrlich verschlungen. Es ist so interessant, gut und verständlich geschrieben ... kann ich nur wärmstens empfehlen. Mir wurde bestätigt, was ich auch schon mehr oder weniger wusste, doch erst jetzt richtig verstehe. Freunde oder Freundschaft ist „das Thema" in meinem vierten Lebensabschnitt.

Freunde hat es immer gegeben ... sie sind keine neue Erfindung. Allerdings ist es heute ein Phänomen besonders bei der jungen Generation ... viele „Freunde" im „social net" zu haben ... ob das gut geht, und uns hilft, Freundschaft besser zu verstehen, ist fraglich! „Wahre Freundschaft, ist ... kurz gesagt: Selbstliebe + Nächstenliebe + Loslassen + das Herz berühren

Aber lassen wir uns sagen, in der modernen Form und aktuell von Autor und Journalist Martin Hecht:

Zitat aus „Wahre Freunde" Pos.2933 auf meinem eBook ...

Es ist ein seltenes Glück, wahre Freunde zu finden, aber eine hohe Kunst, sie sich zu bewahren, wenn man sie gefunden hat. Dies gilt umso mehr in Zeiten, die uns einsam machen und Freundschaften auch noch mit hohen Erwartungen überhäufen. Die neue Freundschaft ist kein Allheilmittel für sämtliche Nöte von uns modernen Individualisten und braucht es auch nicht zu sein - und dennoch schenkt sie uns viel, wenn wir das Geschick aufbringen, sie richtig zu führen.

Wahre Freundschaft ist zweierlei: - ein großer Schutz, der uns wie eine Burg behütet, stark macht und auf die Verlass ist, aber auch ein freier Flug von beschwingter Leichtigkeit. Schutzbündnis und Spaßgemeinschaft, Ort der Sicherheit und der Freiheit.

Sie kann beides sein ... ernsthaft tief und höchst verbindlich, aber zugleich auch federleicht und entspannt. Das ist kein Widerspruch, sondern ihr eigentliches Geheimnis. Erst wo die Fundamente einer uneinnehmbaren Festung gelegt sind, wo die ganz und gar ernsthafte Sorge um den anderen ein dauerhaft tragfähiges Element einer Beziehung wird, und erst wo eine gewisse Beziehungssicherheit herrscht, kann eine Freundschaft auch ganz ungezwungen, leicht und locker sein.-

So schön erklärt und verständlich, das wollte ich euch nicht vor enthalten. Ich hätte es nicht besser erklären können.

Also wollen wir ein erfülltes Leben mit Freunden weiterleben ... genießen, und für die Singles, wie ich, Ausschau halten. Das Glück und Begegnungen warten auf uns natürlich in Form von „Zufall". Wir Singles haben dabei nur bewusst und aufmerksam durch unsere Welt zu gehen und zu schauen. Damit es funkt, müssen beide zugleich auf Sendung und Empfang schalten.

Woher ich das weiß? Damals ist es so passierte zwischen mir und meiner Frau. Bei anderen passiert es auch ... wann, das werden wir sehen ... steht noch nicht fest (vielleicht aber in den Sternen).

Wenn es funkt, werden wir verstehen ... es spüren ... uns öffnen und auf das „Du" und „Wir" einlassen.

Der Glaube geht nicht durch den Verstand,

so wenig wie die Liebe.

Hermann Hesse

„Geschwisterliche Liebe" und Zwei Hindernisse

Als Hobby-Schriftsteller habe ich mir sagen lassen, wenn das Manuskript zu Ende geschrieben ist, legt man es eine Weile zur Seite ... denkt an was Anderes und „vergisst". Dann - mindestens sechs Wochen später, besser noch nach zwei Monaten - holt man es wieder hervor und liest sich erst mal durch, was man geschrieben hat. Meistens ist man dann froh, es noch niemandem gezeigt zu haben. Man bearbeitet den Text, Korrektur oder etwas Sinnvolles hinzufügen und mal ... was einem nicht so gefällt ... löschen. So tat ich es auch, ruhte circa drei Monate ... dann Mitte Januar 2016 holte ich es wieder hervor. Pardon ... öffnete die Datei am Laptop, denn es passiert doch einiges worüber es lohnt zu Schreiben. Eine Begegnung ... die sich zu einer guten Love Story entwickeln wird. So dachte ich.

Eine Begegnung mit Viola, unauffällig, schön dezent, etwas zurückhaltend, emotional außergewöhnlich und doch fast unscheinbar. In einem Wort „unspektakulär" ... jedoch eine Geschichte der Begegnung, die mich von Anfang an bewegte und rührte. Machte mich ... so redselig ich bin ... fast sprachlos, und erfüllte mich mit Freude und Erwartung. Es offenbarte sich mir die Anziehung zweier Menschen, die sich mögen und möglicherweise noch weiter gehen....

Es fing auf der Webseite von Seniorbook an, mit Sympathie beim Anschauen der Fotos ... so der erste optische Eindruck. Ein Gefühl entsteht mit dem Wunsch, dem anderen begegnen zu wollen... um dann, mit wenigen gut gewählten Worten, beim Mailen Kontakt zu knüpfen. So war es gleichzeitig bei mir und bei Viola passiert.

Mit dieser Voraussetzung, dazu eine positive Einstellung und der Wunsch, dem richtigen „Du" zu begegnen, gingen wir zu unserem ersten Treffen.

Treffpunkt, so sagte ich zu Viola am Telefon ganz spontan, Haupteingang vorne an der Matthias Kirche. Es war für Februar ein relativ warmer schöner Sonntag und das Datum 14. Februar, der Valentinstag. Ist das vielleicht ein Omen?

Wir kamen fast gleichzeitig an, ich von links sie von rechts und bewegten uns zügig und mit einem Lächeln auf einander zu. Das Vorstellungsritual: mit Handschlag ... offener Blickkontakt und ein Lächeln das Freude und etwas Spannung verriet. Der erste Blickwechsel ... und das wissen wir, der Blick sagt mehr als tausende Worte. Ich sah sie, sie auch mich, und wir spürten es schon in den ersten fünf Minuten: Das ist ganz anders als alles, was bisher war. Einerseits eine extrem starke Faszination, eine geradezu magnetische Anziehungskraft und gleichzeitig das Gefühl einer seltsam tiefen Vertrautheit, die unter die Haut ging ... und das von Anfang an.

Positiv überrascht und doch etwas perplex, dennoch ... ich hatte Viola vor mir, eine real fröhliche und attraktiv anmutende Frau.

Es berührt mich sehr, wenn zwischen zwei Menschen, die sich überhaupt nicht kennen, sofort eine gewisse Nähe entsteht. Wenn ein Blick, ein Lächeln oder ein Scherz genügen. Ich sage Euch, es gibt nichts Schöneres, als auf Anhieb auf der gleichen Wellenlänge zu sein!

Ehrlich gesagt ... so habe ich gedacht, es in meiner Vorstellung gesehen und so geschah es in der Wirklichkeit. Ich sagte zu mir „Es ist zu schön um wahr zu sein".

Unsere Gestik ... die Mimik ... die wohlwollende klingende Sprache - wir beide hatten den Eindruck: wir sind glücklich ... die Weichen zu einer möglichen Beziehung sind gestellt.

Dann entwickelte sich das erste Gespräch, entdeckten wir unsere Gemeinsamkeiten ... die Wünsche ... wir sprachen offen über unsere persönlichen Dinge des täglichen Lebens.

Für diese, von Empathie geprägte Begegnung von Beginn an, bedanken wir uns bei unserer beider „Herzmagneten". So, die sympathische und bildliche Erklärung von Viola. Ich hörte zum ersten Mal diese Bezeichnung „Herzmagnet" und spontan dachte ich an das Gesetz der Anziehungskraft und den zwischenmenschlichen Beziehungen. Dann lächelte ich und innerlich stellte ich mir bildlich vor: wir fliegen auf einander und ziehen uns gegenseitig an, ohne Widerstandskraft. Eine Frage drängte sich auf „Welche Wunder ... und wer veranlasste diese Herzmagnet-Kraft"?

Ich fragte Viola ... sie schaute mich an mit einem Blick der sagte - „du bist wie der ungläubige Apostel Thomas, der vor Jesus stand." Dann fielen mir Jesus Worte zu Apostel Thomas ein ... Selig sind, die nicht sehen und doch glauben.

Die Antwort kam: Violas Erklärung ging weiter ... für sie als fromm erzogene orthodoxe Frau, ist das Herz auch Sitz der Seele, oder im Lateinischen „Anima", und dort ist alles Denken, Fühlen und Empfinden eines Menschen. Wir nennen es auch Psyche, und wie wir wissen, die Erklärung und Verständnis variieren je nach Glaube oder Weltanschauung.

Ich verstand und so lautet meine Interpretation ... das Herz wirkt wie ein Magnet, der Menschen und Situationen anzieht oder abstößt. Er wirkt in uns allen ... wirkt und bestimmt unser Leben.

Ich war von ihrer praktischen religiösen und philosophisch angehauchten Auffassung sehr angetan.

Am folgenden Tag recherchierte ich im Internet über das Wort „Herzmagnet", um meine Neugier und Bildungslücke zu stillen. Ich fand ein Buch „Das Geheimnis des Herzmagneten" von Ruediger Schache, und las natürlich eine Leseprobe. Einige Tage später las ich mit großer Neugier das Buch selbst. Zur Info gab es noch Kommentare und einige kritische Artikel. Der Autor schildert dies anschaulich interessant und stellt neue und alte Erkenntnisse der zwischenmenschlichen Beziehung gegenüber. Ich gebe zu, was er schreibt und was ich auch schreibe ist sicher nichts Neues. Wir bringen nur selbst gewonnene Erfahrungen zu Papier. So zeichnen und geben wir die gelebte Praxis wieder und keine trockene Theorie. Ruediger Schache ist auch Coach, darum hält er Vorträge und Seminare. Sein Verdienst und Erfolg beruht auf seiner besonderen Fähigkeit:

„Er baut, auf eingängige und hochspannende Weise, die Brücke zwischen aktueller Wissenschaft, spiritueller Wahrheit und praktischem Leben"

So wirbt der Verlag und mit Recht, denn der aufgeklärte Mensch von heute braucht Praxis Beispiele aus dem Leben. Nur so ist und wird die „These der Gefühlswelt" verständlich und glaubwürdig.

Nun zurück zu meiner Begegnung mit Viola und meine ersten Eindrücke. Sie besitzt ein offenes Wesen ... unkompliziert ... herzlich, und in ihr ist ein gewisser Gleichklang der Gedanken und Gefühle.

Ihre Einstellung, so erzählte sie mir in einer kurzen, aber sehr aussagenden Fassung. „Ich habe im Kopf keine Luftschlösser, ich will das Leben genießen und keinen Träumen hinterherrennen".

Mit einem Wow... als Ausdruck tiefer Begeisterung, stellte ich fest: „Also doch, die denkt genauso wie ich. Und was für eine Frau ist diese Viola!!"

Ich war und bin erstaunt und glücklich dieser Person zu begegnen, denn die Möglichkeit und das Potenzial zu einer guten Beziehung werden sich dadurch erheblich erhöhen.

Es ist für uns, beide Witwer, ein zweiter Frühling ... nicht nur meteorologisch, sondern auch menschlich. Wir genießen die ersten warmen Sonnenstrahlen, die unsere Haut berühren. Der Gesang der Vögel, und die bereits blühenden farbigen Blumen erfreuen uns. Das erste zarte Grün der Bäume, das alles wirkt sich beruhigend auf uns aus und gleichzeitig sehen und erleben wir gemeinsam das Erwachen der Natur.

Wir treffen und sehen uns regelmäßig ... zunächst 2 mal und später 4 und 5 mal die Woche. Wir spüren, wir passen gut zusammen, denken und wollen das Gleiche: Leben und Erleben im Hier und Heute. Was für eine Erleichterung, wir wohnen nur 14 km auseinander. Dies ist genau richtig, spontan was zu entscheiden, um etwas zusammen zu unternehmen.

Wir sind gerne zusammen ... die Zweisamkeit ist leichter ... spontan und wir strahlen vor Glück, was sich ansteckend auf die Menschen in unserer Umgebung auswirkt. Egal wo wir sind oder gerade sitzen. Dann ernten wir ein Lächeln und Blicke, die uns mit Wohlwollen und einer Welle von Empathie entgegenkommen. Öfter werden wir freundlich angesprochen und treten so schnell und unkompliziert in Gespräche. Diese Erfahrung, die spontan passiert, freut uns und wir werden motiviert weiter Energie in unsere Zuneigung zu investieren. Das bereitet uns Spaß und macht uns glücklich.

Wie man weiß ... Glück verdoppelt sich, wenn man es gerne teilt!

Es sind 6 Wochen des Zusammenseins. Wir gehen spazieren ... ab und zu essen ... genießen ... lachen und freuen uns, da wir uns gefunden haben.

Natürlich, laut Viola: „der Herrgott hat uns zusammengeführt ... das ist ein Geschenk". Ich nickte zu und antwortete: „Es ist in der Tat ein Geschenk, denn ich habe eine fromme Partnerin bekommen. Was hat sich Gott dabei gedacht?"

Ich fürchte und glaube die Antwort zu kennen oder...

Ein Fazit und unsere Schritte: Zusammensein haben wir gewollt und zugelassen, weil wir offen sind für eine neue Partnerschaft.

Glücklich sein hängt nicht davon ab, was wir sind oder haben, sondern was wir denken.

Da wir beide Witwer sind, reden wir offen von Gefühlen und Gedanken über unsere verstorbenen Partner. Dies wird integriert in unsere Beziehung. Die Vergangenheit sich zugestehen, die Liebe nicht vergleichen ... sie ist anders.

Das Geheimnis unseres Zusammenseins: die alltäglichen Dinge des Lebens sehen und betrachten wir als was Besonderes. Das werden wir sicher weiter führen mit dem dazugehörenden Maß an Genuss. Wir werden uns weiter auseinander setzen müssen mit unserer Zweisamkeit. Eine Balance von mehr Nähe und weniger Distanz, sowie Gespräche über unsere Gefühle und Probleme.

Einfach, so dachte ich ... ein „Wir" werden mit Allem was dazu gehört.

Es sind ca. 3 Monate vergangen, und ich hatte das Gefühl, wir kommen mit dem „Wir werden" nicht wirklich weiter. Und hier fing es bei mir zu kriseln an. Ich merkte es beim Versuch sie zu küssen und anzufassen. Damit wollte ich unsere Beziehung vertiefen. Viola war bei meinen Annäherungsversuchen zurückhaltend scheu. Sie lief mir manchmal weg und manchmal ließ sie es ein wenig zu. Erstaunlicherweise kam Viola selbst gar nicht auf die Idee etwas Nähe zu suchen. Sie blieb bis heute so.

Wie zwei Geschwister, die unterwegs was miteinander erleben und Spaß haben. Gelegentlich hier und da leicht und unschuldig geküsst im Teenageralter ohne Leidenschaft. Aus Freude und Zuneigung hätte ich sie gerne umarmt ... geküsst ... gesagt, wie gerne ich sie habe. Dagegen bekam ich einen ziemlichen Gefühlsstau und einen zunehmenden Zustand von Unzufriedenheit. Sie blieb dabei ... fast unberührt ... beinah steif.

Vielleicht ein Schutzreflex oder Gefühl der Gefühllosigkeit!?

Ich merkte, dass bei ihr vermutlich meine Vorgehensweise, das Bedürfnis Nähe zu spüren, eine Ablehnung hervorruft. Mit Vorsicht fragte ich ... „wollen wir ein WIR werden" und „Ich möchte unsere Beziehung gerne vertiefen, denn wir mögen und verstehen uns doch gut. Wir passen gut zueinander".

Sie wich zunächst der Antwort aus, stellte andere unwichtige Fragen. Hier begann und bekamen wir ein ungewolltes Missverständnis. Es kam zu unserem ersten Streitgespräch, denn ich war über ihre Reaktion perplex und erstaunt. Wie gedacht, die Antwort verlor sich im Sand und ich wusste nicht einmal warum!?

Als ich wieder allein zuhause war, sagte ich laut zu mir selbst ... Verflixt, warum ist das so gekommen, komisch und unklar. Es passt gar nicht zu einer normalen Erwartung, besonders, wenn man sich gut versteht.

Ich überlegte und dachte über uns nach ... ich bekam eine Vermutung. Viola hat 2 Probleme, die Hindernisse für sie darstellen: zuerst, sie hat scheinbar Angst vor Nähe und zum Zweiten hängt sie wohl noch an der Vergangenheit. Sie sprach zu oft über ihren verstorbenen Mann, und wollte mit mir immer dorthin, wo der frühere Aufenthalt der beiden war.

Deswegen sagte ich zu Viola ... „Wir müssen unseren Weg finden und gehen."

Aber ich stieß auf taube Ohren oder besser, ich erreichte ihre Wahrnehmung und ihr Bewusstsein gar nicht mehr. Mir wurde klar, sie ist und lebt in ihrer eigenen persönlichen Welt. Ich bin an ihre -Gefühlsgrenze- gestoßen. Die Gefühlsgrenze ist eine Mauer, die uns im Weg steht.

Was ich erzählte, klang für Viola sicherlich befremdend unrealistisch, denn sie ist vermutlich noch in der Vergangenheit befangen und gefangen.

Ihre Antwort war zu meinem Erstaunen ... „Warum kann nicht Alles so bleiben, wie es war?" Sie meinte, zusammen spazieren gehen, essen, erleben und lachen, wie „Geschwisterliche Liebe" Schwester und Bruder.

Plötzlich brach ein Damm in mir ... mein Gefühlsstau platzte und ich begann zu toben. Aufbrausend ... fast wütend ... mein

Schmerz, der nicht erwiderten und erfüllten Gefühle, wollte aus mir heraus.

Endlich, Viola spürte mein spontanes „daneben benehmen" und wurde sicher überrascht. Ich selbst wurde auch von der Heftigkeit meines Gefühlsausbruchs überrumpelt.

Ich schaute Viola ernst an und sagte ihr klipp und klar ... „hör mal, ich bin Leonardo und kann deinen Mann nicht ersetzen oder spielen". Sie sah mich mit einer aufgeschreckten Miene an und erwiderte ... „Ich wusste, dass du so was sagst" ... dann entfernte sie sich von mir, als wäre sie auf frischer Tat ertappt worden. Mit Schweigen und nachdenklicher Haltung, ich etwas aufgebracht, gingen wir weiter spazieren. Ich war ratlos und verdutzt ... Viola in sich verschlossen ohne mich anzuschauen. Und so gingen wir weiter in unserer Story ohne nennenswerten Fortschritt. Wir verharrten in unserer kompliziert komisch einseitigen Kommunikation.

Erste These: Es ist ein unglückliches Zusammentreffen von zwei fatalen Hindernissen ... Angst vor Nähe und gefangen in der Vergangenheit. Dies lähmt Violas „bewusst werden" und verstehen, was im Hier und Heute passiert. Besser gesagt, was noch passieren sollte ... die nächsten Schritte während unserem Zusammenseins. Wir trennten uns, nach dieser unruhigen und angespannten Auseinandersetzung, nachdem wir unseren geplanten Restaurantbesuch hinter uns gebracht hatten.

Zweite These: Violas Erwartungen wurden schon mit „Geschwisterlicher Liebe" erreicht. Was für mich, als Mann, „gefühlsmäßig" unvorstellbar ist.

Am nächsten Tag habe ich ihr einen Brief geschrieben. Der Inhalt ist eine Zusammenfassung unserer ... sozusagen derzeit „Einweg Situation" und am Ende eine Frage an Viola „Und was möchtest Du?" Es ist eine Aufforderung ... sich selbst und mir gegenüber Position zu beziehen und dies zu gestehen. Ich hoffe für Viola, dass sie endlich ... mit Herz und Verstand ... diese zwei Hindernisse erkennt und darüber nachdenkt.

Nach meiner langen Überlegung und Gespräche mit einer guten Freundin, bin ich zu einem Entschluss gelangt und habe für mich entschieden.

Diese Beziehung fortzuführen, ist nicht erstrebenswert. Die darin liegende Problematik ist nicht einfach aus der Welt zu schaffen. Violas Herz, das sie an ihren verstorbenen Mann verschenkt hatte, kann sie nicht zurückzunehmen. Es ist ihr nicht geglückt. Um sein Herz weiter zu verschenken, bedarf es, aus meine Erfahrung, eines schmerzlichen Prozesses der Rücknahme ... Sammlung ... den Willen ... die Geduld. Dies alles braucht seine Zeit.

Viola sollte ihre Beziehung zum verstorbenen Mann verändern, um dadurch wieder nach vorne schauen zu können. Sie braucht viel seelische Kraft dafür, obwohl sie schon 5 Jahre Witwe ist. Aber dies wundert mich trotzdem nicht. Es fiel mir ein, sie leistet ab und zu ehrenamtlich Hilfe bei leidenden Schwerkranken im Krankenhaus.

Die Frage ... Wie geht das überhaupt? Helfer, die selbst auch Hilfe brauchen?

Das es auch gut geht, da habe ich eine wage Vermutung und das hängt sicher mit Verdrängung und der Kraft des Glaubens als Christin zusammen. Viola bedarf sicherlich noch weiterer Zeit, Geduld und gute Lebensberatung. Dies muss sie sich aber überhaupt erst eingestehen und eine Therapie „wollen".

Einfach so bleiben ... es ist natürlich auch eine Option.

Die Konsequenzen werden aber dann wohl weiter für sie bleiben.

Nun, ohne zu übertreiben, bin ich verständlicherweise enttäuscht und traurig und ein wenig noch emotional aufgebracht. Beinahe hätte es geklappt. Ich hatte Viola gerne und für sie starke Gefühle der Zuneigung empfunden. Diese letzte Begegnung hat mir offenbart und gezeigt, wie die Bremswirkung zweier, nicht oft, aber mal gegenwärtigen

Hindernisse, auf dem Weg zu einer neuen Liebe, um ein Paar zu werden, sich auswirken.

Doch ich bin dankbar für diese gemachte Erfahrung und die erworbenen neuen Kenntnisse. Ich fühle mich mittlerweile auf dem Gebiet Trauerbewältigung und Beziehungen in der Tat, als ein Fachmann mit genug Kompetenz. Mir wird wieder bewusst, wie wichtig eine gute Trauerbewältigung ist und die darin enthaltenen Schritte persönlich gegangen zu sein. Ich kann die Trauerarbeit und die Begleitung empfehlen und raten, nicht nur für die, welche eine nahe stehende Person durch Tod verloren haben, sondern auch für die, welche eine Scheidung bzw. Trennung hinter sich haben. Danach geht man mental und körperlich gestärkt und frei von „allerlei unnötigem Ballast" sozusagen „losgelöst" bereit zu einem Neuanfang.

Ich habe Viola angerufen und ihr freundlich mein Gefühl und meine Entscheidung erklärt. Sie sagte mir „Danke" und sie fühlt sich erwartungsgemäß „Seelisch Krank". Anders gesagt ... es ist eine ziemliche Sinnkrise bei ihr eingetreten.

Mit dem Wunsch ... alles Gute und ich hoffe, dass du dich von dieser krankmachenden Stresssituation schnell und gut erholst, um dich besser in deiner und der anderen Welt der Emotionen und Gefühle besser zurecht zu finden ... verabschiedete ich mich.

Für mich persönlich genau betrachtet, bin ich auch nicht hundertprozentig beziehungsfähig. Mein Wutausbruch nach diesem Gefühlsstau zeigt es ganz deutlich. Aus der Rolle fallen ... auch wenn Gründe da sind ... nach meiner Erwartung ... war trotzdem nicht gut. Doch ich bin ein lernender Mensch und bereit für ein Wagnis. Denn es ist nicht solange her, wo ich meine eigene Trauerbewältigung, so denke ich, gut abgeschlossen habe. Das verdanke ich nicht nur meinem persönlichen Einsatz mit meiner Suche und Sehnsucht nach

Zuneigung, sondern auch durch die Begegnungen, von denen ich hier berichtet habe.

Ehrlich, liebe Leser ... trotzdem habe ich mir Luft gemacht ... gezischt und gebrummt in meiner Wohnung ... „Es reicht mir mit diesen Psycho-Erfahrungen ... gibt es da draußen noch eine „Normale Frau"?

Keine Beleidigung, es ist nicht so gemeint. Ihr versteht mich bestimmt oder... „Doch was soll`s, auch Rom wurde nicht an einem Tag erbaut. Leonardo, irgendwann findest du auch ein neues Glück!"

Ja, so kann auch Trost und Aufmunterung sein, weiter mit Zuversicht und am Ball bleiben.

Nun, ich hätte gerne dieses Buch wie in einem schönen Märchen, Erinnerung aus der Kindheit, abgeschlossen. Eine positive wunderschöne und frohe Nachricht.

So in etwa ... „Habe endlich eine Partnerin, und wenn wir nicht gestorben sind... und wir lebten glücklich und zufrieden bis ans Ende unserer Tage."

„Liebe ist kompliziert" dies zu schreiben halte ich mich jedoch zurück. Es folgt ein Blitzgedanke und die Antwort ... Wir sind es, als Menschen mit unseren bewussten oder unbewussten Unzulänglichkeiten, wir sind ziemlich kompliziert.

Meine Weisheit ... ein Wunsch und die Schlussfolgerung, irgendwo gelesen:

Warte nicht auf jemanden. Lebe dein Leben in vollen Zügen und der Richtige wird automatisch kommen.

Die Lektion: Voraussetzung, wie in jeder menschlichen Interaktion, ist das Wollen auf Sende- und Empfangsposition zu gehen und mit allen Sinnen das Geschehen wahrzunehmen.

Ein herzlicher Dank an alle meine Begegnungen. Sie haben mich nicht nur begleitet in einem Streifzug quer durch die Welt der zwischenmenschlichen Kommunikation, sondern auch ein Ergebnis geliefert. Es ist dieses Buch, mit Beispielen und Aspekten, die die Beziehungsfähigkeit durchleuchten. Ich habe mich selbst näher kennengelernt und als Suchender und Lernender verstanden, warum „Liebe kompliziert" ... jedoch nicht unmöglich ist. Über viele Gründe und Aspekte der Beziehungsfähigkeit werde ich noch nachdenken müssen. Hier und da sollte ich sicherlich meinem Verhaltensmuster den letzten Schliff geben. Des Weiteren geht mein Dank an meine Freundin und aufmerksame Korrekturleserin, Karin Bretz.

Ich wünsche Ihnen auf Ihrem Weg durch zwischenmenschliche Beziehungen ... innere Stärke, Ausgeglichenheit, eine gewisse Flexibilität, aber besonders Beständigkeit und Geduld mit sich und Ihrem Gegenüber.